日本語作文 I

—身近なトピックによる表現練習—

C&P日本語教育・教材研究会編

專門教育出版授權
鴻儒堂出版社發行

まえがき

◈ この教材のねらい

この教材は主として初級課程を終了した学生を対象に口頭表現及び作文指導の手がかりとなることを意図している。しかし初級後半の学生から、中級後半の学生まで幅広く使用できるように作られている。

初級段階では作文授業と言っても、口で言えることを文字に移したり、学習中の文型を使って短文作成をしたり、モデルとして与えられた作文の部分的な入れ換えをしたりの程度を出ないことが多い。それで中級前期では基本事項を教える計画的作文指導が必要である。原稿用紙の使い方から始めて、句読点のつけ方、話し言葉とは違う書き言葉の特徴——文体の統一、文末にくだけた表現や終助詞をつけないこと、適当な段落のつけ方などの基本的項目を押さえながら、初級時に修得した文型・語いの復習定着をはかる。そのために段階を追ったテキストがあれば教師は各学習期間を通した計画がたてやすく、既習項目も明確になり学生も積み重ねる喜びが持てると思う。

留学生の大半は自国で数週間ないし数か月（中には大学で日本語課程を終了し、最初から中・上級へ入学する学生もいるが）の日本語学習をして、来日し、日本語学校で初級・中級・上級の3レベルを1年ないし1年半で終了後、日本の大学または大学院へ入学するのがふつうである。3か月から半年で初級過程を終了して、日常会話には困らなくなっても、表現力（特に文字での）はあまり豊かとは言えず、間違いもチラホラと目立つ。しかもせっかく学習した語いや慣用語句・文型をトピックに合わせてなかなか使いこなせず、狭い範囲の語いや文型で何とか間に合わせてしまいがちである。

しかし「聞く・話す」の会話力及び読解力に見合った作文力を養うための具体的な練習教材は現状ではほとんどない。そこで、必要にせまられた現場教師が、自分で用意した教材や誤用例から学んだポイント等を持ち寄って意見を交換しながら協力して構成し、まとめたのが本書である。

本書では、トピックを中心に関連語句・言い回し・文型・作文例を示し、分かる語学力と使える語学力とのギャップを少しでもちぢめた上で、質問項目を中心に十分話し合いをしてから作文表現へと導くように配慮してある。各トピックはできるだけ具体的かつ日常的で誰でも気安く表現意欲を刺激されるようなものから、日記・手紙文・自国の事情紹介や自分の意見・感想・印象・思い出等を語るものまで広範囲にわたっている。各トピックごとに段階を追って正確にかつ明瞭に表現できるような基礎的表現力の習得を目的に作成されている。

◈ この教材の構成

トピック（１～45まで45回分及び50の補足トピック）

Ⅰ．関連語句

既習・未習を問わず、初級終了レベルで、各トピックに関連して使わせたい語句を平均50～60並べて語句の拡大と定着をはかっている。

Ⅱ．言い回し・文型

大部分は既習のものだが、理解文型から使用文型へと習熟させたいものを出した。

文型には３～５の例文を付してある。なお〈名〉は名詞、〈動〉は動詞、〈イ形〉はイ形容詞、〈ナ形〉はナ形容詞の省略したものであり、～印は何でも入る場合とする。

Ⅲ．関連質問（12～15例）

トピックに関して学生の表現意欲を刺激し、各質問に順を追って初めは口頭で話し合って、いわゆるウォーム・アップをし、併せてこまかい誤りをできるだけ口頭練習の際に直しておく。次いで完全文の書き言葉で答え、それを適宜接続させて１～３のパラグラフへ展開させていく。(トピックの＃１～３ではこの順を追っているので参考となる。)

この段階で話し言葉と書き言葉おのおのの違いを明確にし、話し言葉的な終助句を付けたり、話し言葉特有の言い回しをするのを避け、逆に書き言葉特有の言い回しや文体に慣れさせる。総まとめとして300～400字くらいの字数制限内で原稿用紙に文章を完成させる。この際、会話文のように不完全な文や整わない文のままで終わらせないで、十分に読み直し、ねり直しをする習慣づけをする。

Ⅳ．作文例

教師または他の学生の作文例を読んで参考とする。またこの部分の展開として、クラスメートの作品のいくつかを選んで読み合わせると良い。

Ⅴ．応用・自由作文

質問に答えるという枠をはずして、自由にトピックについて作文する。ただしⅠ、Ⅱはよく復習し、できるだけ多く使用すること、また制限字数内でしかも論旨をはっきりさせ、なお竜頭蛇尾にならないようバランスよくまとめることを練習させる。

◈ この教材の使い方

本書は、初級終了直後から中級前期の学生を対象として45のトピックを集めてある。週1回の場合、3時間が理想である。1時間は実際に書き始める前の準備運動のようなもので、関連語句・慣用的言い回し・文型等の拡大と例文・トピック関連質問を中心とした口頭練習にかけることが望ましい。次の1時間で下書きをし、最後の1時間でみがき上げという順序が基本である。しかし、もし1回に3時間とれない場合は適宜2時間でまとめるか、あるいは予備練習と下書きをクラスでして清書は宿題でもいい。
週2回の場合は同じ手順で二つのトピックをカバーできる。

以上のように週に1～2回、各2～3時間で20～40トピックを扱うというペースで6か月の使用に十分な教材である。したがって45のトピックの中から、学生の年齢や興味に合わせて、また使用テキスト、その他の教材と関連のあるもの、季節に合ったもの等、適宜取捨選択し、順序も自由に変えて構わない。(ただし1～3は段階を追って練習例としているので、1～3は先に扱った方が効果的である。)

また練習のプロセスも色々工夫して変えてみるのもよいし、補足トピックの中から選んでもよいと思う。(日本語教師養成コースの一端として、補足トピックに語い・関連語句・文型・例文等を工夫して準備し1回分の教材として完成させるのもよい練習と思う。)とにかく、Ⅰ～Ⅵのプロセスは一つの手がかりとして、色々とヴァリエーションを入れたり、工夫する余地は大きい。

◈ 本書執筆担当者

本書はC&P(Creative and Practical)日本語教育・教材研究会の会員で、特に国内外の日本語学校において実際に初級の書き方指導・作文指導、中級の作文指導に当たっている下記の15名が分担して担当した。岩井智子、浦真佐子、小笠原信之、尾崎真理子、島恭子、志村こずよ、鈴木孝恵、高岡サク、鉄具明子、富岡純子、ブイユー晶子、星享、山口聖子、山口知戈子、吉川和子(なお、全体の構成統一等は富岡が、挿し絵は小笠原と島が担当した。)

1988年3月　　　　著者を代表して　富岡純子

目　次

Ⅰ．予備知識

原稿用紙の使い方　—たて書き原稿用紙の場合—

題名
一行目に上を三〜四字分あけて書く。

名前
次の行に姓・名の順で書く。姓・名の間は一字あけるとよい。

注（題名の前後および名前の次に一行あける場合もあるが、ここでは、作文練習なので、略式であけなくてもよいとする）

本文
名前の次の行に一字分あけて書きはじめる

段落
一字下げる。ただし、かぎかっこではじまる場合は、一ます目に入れてもよい。

かぎかっこ「」始めと終わりの向きに注意し、一字分とる。かっこ（）も一字分とる。

文字をあとから書き加えたい時二字以上は{を、一字のみは<を使う。

　東京タワーに登って
　　　　　　　　　　神田まなぶ
　夏休みに外国の友だちと、東京タワーに登
りました。その日はよく晴れていて、遠くま
でよく見えました。
「あれ、東京にもあんなに大きな森があるね。」
と友だちは、皇居（天皇陛下の住居）を指さ
しました。緑の少ない東京の中では、そこは
オアシスのように見えました。
　東京タワーの高さは、三百三十三メートル
で、一九五八年、芝公園内に建てられた日本一のタワー
です。今では東京のシンボルになっています。

小さな「っ」「ゃ」などは一字分とり、ますの右上にかく。

句読点「、」「。」は一字分とり、ますの右上に書く。

行の最後に句読点、かっこがきた時は、最後のますにいっしょに入れる。または、ますの外に書く。

漢数字を使う。カタカナの長音には「|」を使い一字分とる。

—横書き原稿用紙の場合—

小さな「っ」「ゃ」は一字分とり、ますの右下に書く。

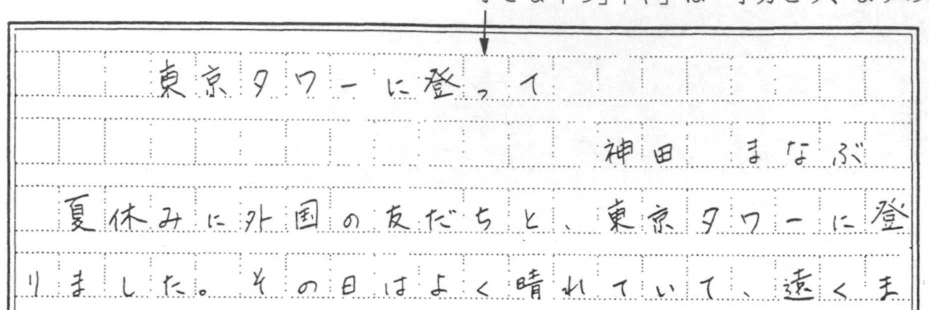

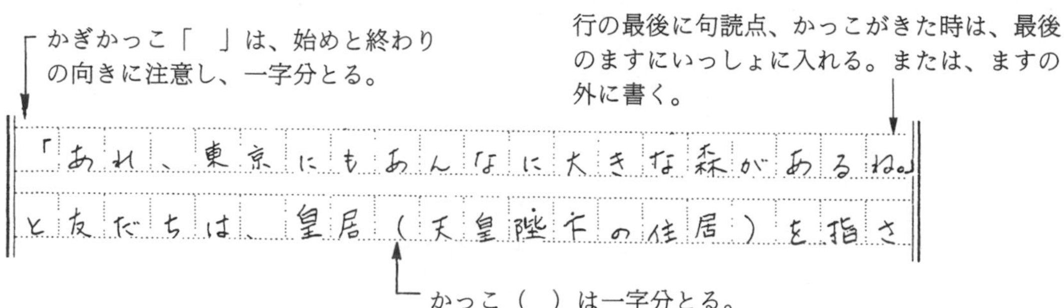

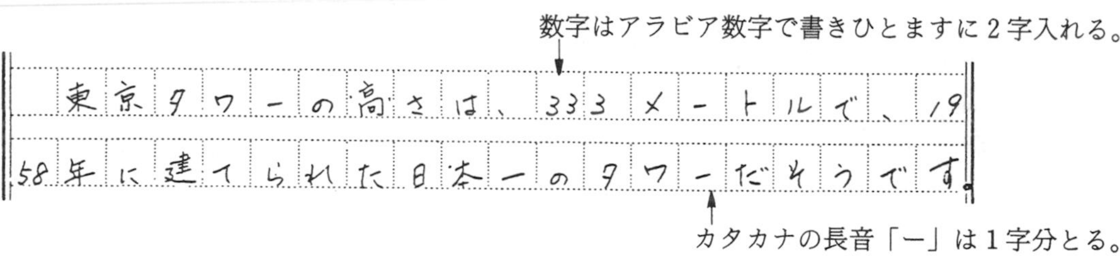

数字はアラビア数字で書きひとますに２字入れる。
東京タワーの高さは、333メートルで、19
58年に建てられた日本一のタワーだそうです。
カタカナの長音「ー」は１字分とる。

数字の書き方

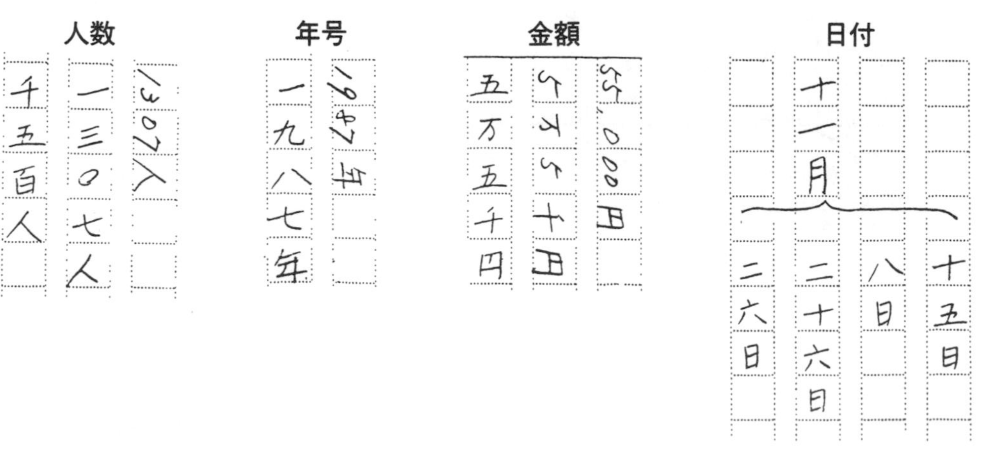

II．45のトピック

1.　自己紹介

I．関連語句

国籍　年齢　生年月日　家族　職業　アルバイト　趣味　(～に)興味(がある)　目的　将来　夢　大学　大学院　専門学校　(修士／博士)課程　特技　性格　長所　短所　好奇心(が強い)　さびしがりや　ひとり暮し(をする)　生活(する)　希望(する)　尊敬(する)　心配(する)　自慢(する)　専攻(する)　受験(する)　進学(する)　(～に)熱中(する)　おとなしい　やさしい　我慢強い　明るい　積極的　楽天的　活発　まじめ　のんき　気短　陽気　引っ込み思案　無口　(～が)得意／苦手　生まれる　(仕事に)つく　やりぬく　(会社に)勤める　(大学院に)進む　(～に～を)生かす　(～に)慣れる　心がける　はっきり(する)　しっかり(する)　のんびり(する)

II．言い回し・文型

1．(自分の性格について言う)。

　a．私は積極的な性格だと思います。

　b．私はさびしがりやです。

　c．私にはのんびりしたところがあると思います。

　d．私の長所はいつも明るいことだと思います。

　e．私はどちらかというと楽天的なほうだと思います。

2．～こと／もの／の

a．私の趣味は写真をとることです。

b．私のきらいなものは納豆とへびです。

c．私の夢は世界一周旅行をすることです。

3．〈動〉ことが（好き／得意／苦手）です

a．私は知らない町をのんびりと歩くことが好きです。

b．私は冷蔵庫の中に残っている材料で料理を作ることが得意です。

c．私は人前で話すのが苦手です。

4．～のは～からです／～から、～

a．私が日本語を勉強しているのは、日本語を使う仕事につきたいからです。

b．私が日本へ来たのは、大学で日本の歴史を研究したかったからです。

c．近所に住んでいた日本人がとてもいい人だったから、私は日本が好きになったのです。

III．次のページの絵を見て、自分のことを答えてみましょう。また、下の質問にも答えてみましょう。

1．あなたは日本での生活にもう慣れましたか。

2．あなたはどうして日本へ来たのですか。

3．将来、何をしたいと思っていますか。

4．あなたはどんな性格ですか。自分の長所や短所はどんなところだと思いますか。

5．何かいつも心がけていることがありますか。（たとえば、授業で習った日本語はすぐ使ってみるようにしている、とか、人の悪口を言わないようにしている、など）

IV．作文例

私は台湾から来た陳淑貞です。今は埼玉県にある寮に住んでいます。外国人は私一人です。ですから、はじめのころは、言葉や食事のことなどでとても苦労しました。おふろに入る時もはずかしくていやでした。

でも、今はもうすっかり寮の生活にも慣れて、みんなと仲良くなりました。私は料理が得意なので、休みの日には、寮の友だちにごちそうします。すると、みんなとてもよろこんでくれます。私は好奇心が強くいろいろなことを体験してみたいと、いつも思っています。それで、以前から興味のあった日本へ来たのです。

今熱中していることは生け花です。次は、お茶をやってみたいと思っています。日本へ来る前は、貿易会社に勤めていました。日本語の勉強が終わって帰国したら、日本語や日本で学んだことをどんどん仕事に生かしたいと思っています。

V．ここで習った語句や文型をたくさん使って、あなたも書いてみましょう。（400字）

2.　電車の中

I．関連語句

駅　ホーム　売店　放送　発車ベル　(特急／急行／普通)電車　各駅停車　運転手　車しょう　車両(しゃりょう)　～両目　車内　座席　シルバーシート　あみだな　つり皮　忘れ物　荷物　カバン　かさ　窓　ドア　車内広告　禁煙(きんえん)　冷房　暖房　せんぷう機　ヘッドホーン(ウォークマン)　終点　(始発／終)電車　通勤地ごく　ラッシュアワー　苦しい　つかれる　足をふむ(ふまれる)　こんでいる　すいている　ぶつかる　押す(押される)　ながめる　のぞく　すわる(すわれる)　居ねむり(をする)　乗りかえる　乗りすごす　(乗りこす)　乗りおくれる　(席を)ゆずる

II．言い回し・文型

1．〈動〉ています

　a．山手線でかよっています。

　b．シルバーシートにすわっています。

　c．新聞を読んでいます。

2．たまに〈動〉ことがあります

　a．たまにすわれることがあります。

　b．たまに乗りすごすことがあります。

　c．たまに友達に会うことがあります。

3．～まま～

　a．あの人は立ったままねています。

　b．手袋をしたまま新聞を読んでいます。

　c．あみだなにカバンをおいたままです。

4．～たり～たりします／です

　a．学生は大きな声で笑ったり話したりします。

　b．電車の中で飲んだり食べたりしてはいけません。

　c．子供が立ったりすわったりしています。

5．〈名〉がなくても〈動〉～

　a．駅の名まえは放送がなくてもわかります。

b．お金がなくても行きます。

c．時計がなくても時間がわかります。

6．～ように〈動〉〔様態〕

a．同じように見えても少しずつちがっています。

b．ねむっているように見えても起きています。

c．聞いていないように見えても聞いています。

III．質問

1．何線でかよっていますか。

2．何分ぐらい乗っていますか。

3．何時頃が一番こみますか。

4．毎朝すわれますか。

5．車内は静かですか。

6．乗客はたいてい何をしていますか。

7．あなたは何をしていますか。

8．窓から何が見えますか。

9．帰りもこみますか。

10．帰りの乗客と朝の乗客とちがいますか。

11．電車に乗るのがすきですか。

12．車内で何かいやなことがありますか。

13．楽しいことがありますか。

IV．質問の答え

1．わたしは東海道線でかよっています。

2．40分ぐらい乗っています。

3．7時40分頃から8時半頃が一番こみます。

4．ほとんどすわれません。

5．朝の車内は本当に静かです。

6．居ねむりをしている人や新聞を読んでいる人が多いです。

7．わたしは窓の外を見たり、車内広告を見たり、となりの人が読んでいる新聞をのぞいたりしています。若い人はウォークマンを聞いています。

8. いろいろな建物や川や、東京駅に近くなると高いビルや東京タワーなどが見えます。
9. 帰りの電車は4時頃ですからすいています。
10. ぜんぜんちがいます。帰りの電車の車内はにぎやかです。
11. すきです。毎日同じように見えても季節によって少しずつ変わっていく窓の外の景色を見るのがすきです。
12. 雨の日はきらいです。特に夏はむし暑くてたいへんです。
13. いろいろな人間を見たりするのがとても楽しみです。

V. 作文例

わたしは毎朝東海道線で40分ぐらいかけて学校にかよっています。7時40分ぐらいからラッシュアワーになりますから7時半頃の電車に乗りますが、すわれません。たまに横浜駅で大ぜいの人がおりるときにすわれることもありますが，たいてい立ったまま東京駅まで来ます。

朝の車内は満員でも静かです。居ねむりをしている人や新聞を読んでいる人やウォークマンで音楽を聞いている人がいます。わたしはたいてい窓の外を見たり、車内の広告を見たり、となりの人の新聞をのぞいたりしています。毎日同じところを通っていても窓から見える木の葉や空や遠くの山の色で季節の変化を楽しむことができます。

帰りの電車は4時頃ですからあまりこみません。車内は朝よりもにぎやかです。雨の日は電車の中はむしあつくてたいへんです。でも毎日変わらないように見えても何か少しずつ変わっていく窓の外の景色やいろいろな人間を見るのがとても楽しみです。

VI. 応用例

終電車

わたしは終電の乗客がすきです。朝の乗客とぜんぜんちがいます。よく話したり、笑ったりしています。たいていはお酒を飲んでいます。みんなその日の終わりの時間を楽しんでいるようです。つかれてねてしまっている人もいます。新聞を読んでいる人もいます。

朝の乗客はつまらない顔をしています。本当の顔ではないように思います。でも終電の乗客の顔はその人の本当の顔をしていると思います。人間の弱さやみにくさを全部見せています。終電の発車ベルは少し長く鳴ります。

VII. ここで習った語句や文型をたくさん使って、あなたも書いてみましょう。(400字)

3．私のアパート

（下宿・部屋・寮・マンション）

I．関連語句

木造　モルタル　鉄筋　(1/2/3)階　階段　間取り　玄関　4畳半　6畳　和室　洋室(間)　台所　風呂(場)　シャワー　トイレ　ベランダ　窓　壁　てんじょう　ゆか　ろう下　押し入れ　戸だな　物入れ　げた箱　ストーブ　クーラー　せんぷう機　せんたく機　冷ぞうこ　テレビ　ラジオ　ステレオ　テーブル　机　いす　本だな　カーペット(じゅうたん)　ベッド　ふとん　電話　絵　写真　植木ばち　家具 (南／北)側　家賃　大家さん　広い　せまい　見はらしが(いい／悪い)　日あたりが(いい／悪い)　交通の便が(いい／悪い)　見える　行ける　歩ける

II．言い回し・文型

1．(場所) に〈名〉があります

　a．南側に窓があります。

　b．駅の前にいろいろな店があります。

　c．台所に冷ぞうこがあります。

2．〈動〉てあります

　a．押し入れにふとんが入れてあります。

　b．かべに絵がかけてあります。

　c．ゆかにカーペットがしいてあります。

3．〈名〉に〈名〉がついています

　a．和室に押し入れがついています。

　b．台所にとだながついています。

　c．お風呂にシャワーがついています。

4．なんといっても〈名〉は〈名〉です

　a．なんといってもきれいな花はバラです。

　b．なんといってもほしいものはクーラーです。

　c．なんといってもいいことは駅まで近いことです。

III. 質問

1. あなたのアパートはどこにありますか。
2. アパートから駅までどのくらいかかりますか。
3. 通学や買物には便利ですか。
4. 近くに店がありますか。
5. 木造のアパートですか。
6. 何階建てですか。
7. あなたの部屋は何階ですか。
8. どんな間取りですか。
9. ベランダや窓はどこにありますか、そこから何が見えますか。
10. 物入れがたくさんありますか。
11. どんな家具がおいてありますか。
12. かべに何がかけてありますか。
13. 家賃はいくらぐらいですか。
14. 自分のアパートをどう思いますか。
15. 今、あなたが一番ほしいものは何ですか。

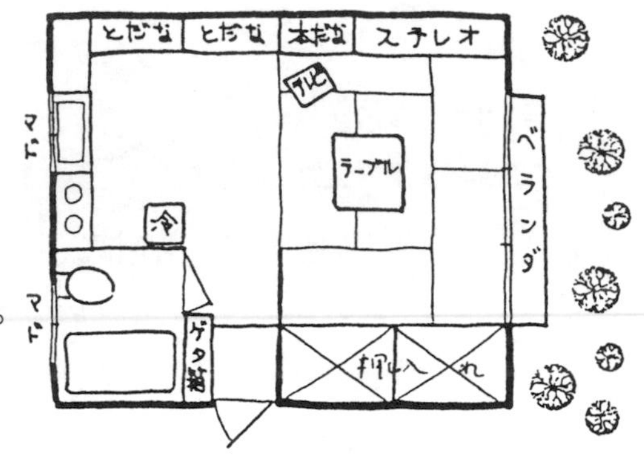

IV. 質問の答え

1. 私のアパートは板橋にあります。
2. アパートから駅まで歩いて15分ぐらいかかります。
3. 駅まで歩けるので便利です。
4. 駅の前に大きなスーパーマーケットやいろいろな店があります。
5. 鉄筋のアパートです。
6. 5階建てです。
7. 私の部屋は3階です。
8. 玄関と6畳の和室と4畳半の台所と、台所のとなりに小さなお風呂とトイレがついています。
9. 南側にベランダがあって、そこから林やマンションが見えます。
10. 小さなげた箱やとだなや押し入れがついています。
11. 家具は少ないです。本だなとテーブルとステレオだけです。

12．私の国のきれいな絵がかけてあります。

13．５万８千円ですから安いと思います。

14．静かで日あたりもいいし、池袋まで30分で行けるので気に入っています。

15．今、一番ほしいものは電話です。

V．作文例

私のアパートは板橋駅から歩いて15分ぐらいのところにあります。駅前には大きなスーパーや銀行やいろいろな店があって便利です。アパートは鉄筋の５階建てです。私の部屋は３階にあります。玄関と６畳の和室と４畳半ぐらいの台所とお風呂とトイレで、一人で住むのにはちょうどいい広さです。

南側のベランダからは林やマンションが見えます。げた箱やとだなや押入れがついているので、家具はあまりおいてありません。本だなとテーブルとステレオがあるだけです。かべには私の国のきれいな絵がかけてあります。家賃は安いし静かで日あたりもいいので気に入っています。何といっても一番ほしいものは、電話です。

VI．応用例

私の城

３月に日本にきました。しばらく親せきのおばの家にいましたが、ようやく自分でアパートを見つけました。木造アパートの６畳ひとまのせまい部屋ですが、私がはじめて一人で住む自分の城です。

窓には近くのスーパーで買ってきたカーテンをつけて植木ばちをおきました。かべには私の国から持ってきた大きなタピストリーをかけました。小さなテーブルで食事をしたり勉強したり手紙を書いたりしています。ステレオでは私の国の音楽も聞きます。

私のお城は本当に心が落ち着きます。でも夕方になって、まわりの家々の明りがついて、笑い声が聞こえてくる頃になると、急に悲しくなってきます。でも私はこのお城でがんばります。

VII．ここで習った語句や文型をたくさん使って、あなたも書いてみましょう。（400字）

4.　私の国

I．関連語句

場所　地図　島国　半島　～大陸　太平洋　大西洋　形　面積　人口　都市　中心(地)　地方　火山　自然　気温　湿度　季節　気候　四季　春　夏　秋　冬　台風　つゆ　平野　山　港　交通　文化　歴史　観光(地)　産業　(農／工／水産／商)業　貿易　輸(出／入)　工場　会社　資源　関係　独立(する)　発達(する)　(むし)あつい　さむい　すずしい　あたたかい　きびしい　おだやか　にぎやか　(南北／東西)に長い　めぐまれる　おもに　さかん　～がつづいている　～とつながりがある　～の近くにある　～のとなりにある　～にかこまれている　～によって～を受ける　～は～に面している　～がとれる

II．言い回し・文型

1．(場所) に (は) 〈名〉が集まっています／きます

a．都市には地方から人がたくさん集まってきます。

b．教室に学生が集まっています。

c．駅のまわりには大きなビルが集まっています。

2．～(の中) では～がいちばん～

a．日本の山では富士山がいちばん高いです。

b．電車では新幹線が、いちばんはやいです。

c．日本では北にある北海道がいちばんさむいです。

3．〈名〉は (場所) にあります

a．私の国は日本の西にあります。

b．私の国はアジアの中央にあります。

c．カナダはアメリカのとなりにあります。

4．〈名〉や〈名〉や〈名〉など～

a．この地方では主に米や麦や野菜などを作っています。

b．秋葉原ではテレビやラジオやステレオなどの電気製品が売られています。

c．私の国はカナダやアメリカや中南米などの国と貿易しています。

III．質問

1．あなたの国はどこですか。
2．あなたの国はどこにありますか。
3．あなたの国のまわりにはどんな国がありますか。
4．あなたの国はどんな形をしていますか。あなたの国には海や山がありますか。
5．あなたの国の面積はどのぐらいですか。
6．人口はどのぐらいですか。
7．首都は何という名前ですか。
8．首都はどこにありますか。首都はどんなところですか。
9．あなたの国の気候はどんな気候ですか。
10．日本の気候とにていますか。
11．あなたの国では，どんなものがとれますか。
12．あなたの国では，どんなものを作っていますか。
13．あなたの国はどんな国と貿易していますか。
14．あなたの国ではどんなことばが話されていますか。
15．あなたの国は古い国ですか，新しい国ですか。
16．あなたの国と日本とはどんな関係がありますか。

IV．作文例

私の国はタイです。タイは赤道のすぐ上にありますから，一年中夏で暑いです。タイの季節は雨季と乾季だけで、雨季は6月と7月です。あとは乾季で、一番暑い月は4月です。私の国の近くには、マレーシアやビルマやベトナムなどの国があります。

タイの首都はバンコクで、大都会です。私の国ではことばはタイ語が使われています。タイには田畑が多く、農業が大変さかんです。でも昔は農業が中心でしたが、今は工業がのびてきました。日本の会社や工場もたくさん建てられていますので、タイには日本人がおおぜい住んでいます。ですからタイ人と日本人は、とても仲が良いです。これからも日本とのつながりはどんどん深くなっていくと思います。

V．ここで習った語句や文型をたくさん使って、あなたも書いてみましょう。(400字)

5.　家から学校まで

I．関連語句

ラッシュアワー　満員　満員電車　定期券　ホーム　駅員　乗客　バス停　運転手　駅前　駅前通り　大通り　(商店／住宅／オフィス)街　ビル　田畑　景色　歩道　交差点　歩道橋　鉄橋　ウォークマン　マンガの本　座席　(交通)事故　となり　近く　(右／左／むこう)側　途中　通学(する)　通勤(する)　近道(する)　(〜に)遅刻(する)　混雑(する)　(朝)寝坊(する)　ジョギング(する)　遠い／近い　はやい／遅い　多い／少ない　便利／不便　通る　わたる　通りぬける　(電車が)こむ／すく　(〜に)乗る　(〜を)おりる　乗りこす　まちがえる　(〜から〜に)乗りかえる　(事故に)あう　(事故が)ある　(道に)まよう　(角を)まがる　(〜に)遅れる　急ぐ　困る　急ぎ足／速足(で歩く／で行く)

II．言い回し・文型

1．(場所) で〈動〉ます

a．東京駅で新幹線に乗ります。

b．電車の中で、新聞や雑誌を読みます。

c．この電車に乗って、三つ目の駅で地下鉄に乗りかえてください。

2．〜から〜まで〜

a．東京から大阪まで新幹線で3時間ぐらいかかります。

b．家から駅まで自転車で15分ぐらいかかります。

c．駅から学校まで歩いて10分です。

3．〈名〉が見えます／聞こえます

a．電車の窓から海が見えます。

b．小学校のそばを通ると、子供たちの声が聞こえます。

c．庭にバラの花が咲いているのが見えます。

4．〈名〉を〈動〉ます〔経路〕

a．駅前の商店街を通って、学校へ行きます。

b．朝のオフィス街を会社員たちが急ぎ足で歩いて行きます。

c．近道するために公園の中を通りぬけます。

III．質問

1．あなたは何時ごろ家を出て、どうやって学校へ来ますか。
2．家から学校までどのくらいかかりますか。
3．学校へ来る途中に、何がありますか。
4．どんな所を通って、学校へ来ますか。
5．毎日同じ道を通りますか。
6．雨や雪の日も同じ方法で学校へ来ますか。
7．学校へ来る途中で、よく会う人がいますか。その人とあいさつをしますか。
8．バスや電車はいつもこんでいますか。
9．道を歩いている人や、バスや電車の乗客はどんな様子(ようす)ですか。何をしていますか。
10．バスや電車の中から何が見えますか。
11．あなたは学校へ来る途中で、ウォークマンを聞いたり、本を読んだりしますか。
12．今までに、学校へ来る途中で、事故を見たり、事故にあったことがありますか。
13．道にまよったり、乗り物にまちがって乗ってしまったことがありますか。
14．あなたは学校に遅刻したことがありますか。それはどうしてですか。
15．たいてい何時ごろ学校に着きますか。その時、学校の中はどんな様子ですか。

IV．作文例

私は毎朝8時半に家を出て、駅まで歩いて行きます。近くにある中学校の前を通って行きます。近道するために通りぬける公園で、よく犬を連れたおじいさんと会います。まだあいさつしたことはありませんが、いつか、あいさつしようと思います。

次に、まだ店がしまっている商店街を通ります。通勤や通学の人たちが急ぎ足で歩いています。雨の日は、バスに乗りますが、遅れてくることが多いです。電車の中はこんでいて、私はずっと立って外を見たり、本を読んだりします。鉄橋をわたる時、川のそばで野球をしている人たちが見えます。たいてい9時10分ごろ学校に着きますが、はじめのころ、反対の電車に乗って、遅刻してしまったことがあります。

V．ここで習った語句や文型をたくさん使って、あなたも書いてみましょう。(400字)

6. 私のともだち

I. 関連語句

親友 友情 性(格／質) 手紙 思い出 人がら なやみ 夢 希望 年上 同じ年 年下 独身 ～時代 結婚(している) (積極／消極)的 相談(する) 心配(する) 理解(する) 連絡(する) 文通(する) 明るい おもしろい やさしい あたたかい くらい おとなしい 親しい さびしい 背が(高い／ひくい) 声が(大きい／小さい) ほがらか ゆかい 元気 まじめ 太っている やせている 話し合う なぐさめる わかり合う 仲が良い つき合う にている 思い出す わかれる おぼえている

II. 言いまわし・文型

1. 〈動〉てくれます

a. 友だちは私に英語を教えてくれました。

b. リーさんは私によく詩を読んでくれました。

c. 友だちは、私のなやみをいつも聞いてくれました。

2. 〈動〉てもらいます

a. 私は友だちに図書館へつれて行ってもらいました。

b. 時々チンさんにしゅくだいを手伝ってもらいました。

c. こまった時は、友だちにたすけてもらいました。

3. 〈動〉てあげます

a. 私は彼にじしょを貸してあげました。

b. 友だちはジョンさんに日本語を教えてあげました。

c. 友だちのたんじょう日に花を買ってあげました。

4. ～(の中) では～がいちばん～

a. 大学時代の友だちでは、京子さんがいちばん親しいです。

b. 勉強の中では数学がいちばんすきです。

c. クラスの中ではキムさんがいちばん勉強しました。

5. 〈動〉ことが好き／きらいです

a. 友だちは食べることが大好きです。

b. 彼はうそをつくことがきらいです。

c．リムさんは、スポーツは見ることも、自分でやることもすきです。

III．質問

1．友だちはたくさんいますか。

2．いちばん良くおぼえている友だちはだれですか。

3．その人はどこの国の人ですか。今、日本にいますか。

4．その人と今も親しくしていますか。

5．その人とあなたは同じ年ですか。

6．その人と、いつ、どこで、はじめて会いましたか。

7．その人はどんな感じの人ですか。どんなようすの人ですか。

8．その人のどんなところがいいと思いますか。

9．どうしてそう思いますか。

10．その人のどういうところが、あなたと合いますか。

11．その人との思い出の中で、いちばん強くおぼえていることは何ですか。

12．その人といっしょにいて、どういうところが楽しいですか。

13．その人とどんなことをよく話しましたか。どんなことをしましたか。

14．その人は今、どこで何をしていますか。

15．今もその人と電話で話したり、手紙を出したり、会ったりしていますか。

IV．作文例

私は積極的な性格ですから、友だちがたくさんいます。しかしいちばん仲が良いのはミキョンさんという友だちです。彼女と初めて会ったのは、高校生になった時です。ミキョンさんは私と反対に、女らしくやさしくて、すなおです。私とは同じ年ですが、いつも私のなやみを聞いてくれて、私には本当のお姉さんのような人です。私がさびしい時やこまっている時は、いつでも力になってくれました。

ミキョンさんは、今、デザイナーになって有名な洋服の会社につとめ、毎日いそがしいようです。私が日本へ来ているので会えませんが、ひまがあれば手紙を書き、電話も時々かけています。これからもずっと仲良くしていきたいと思っています。

V．ここで習った語句や文型をたくさん使って、あなたも書いてみましょう。(400字)

7. 私の仕事

I．関連語句

アルバイト 給料 (時／日／月)給 (労働／通勤)時間 週休二日 (社／店)長 (社／店)員 上司 部下 同僚 部 課 転勤 出張 退職 残業 (株式／商事／貿易)会社 (新聞／出版)社 銀行 (肉／花)屋 店 (喫茶／洋品)店 工場 事務所 職場 取引(先) 商売 客 会議 営業 事務 経理 人事 専門 技術 経験 資格 免許 職業(秘書 教師 通訳 デザイナー 外交官 宣教師 サラリーマン ビジネスマン ウエイター など) 忙しい 難しい 疲れる (仕事を)やめる ～で働く ～に勤める 一日中 (夏休み／仕事)中

II．言い回し・文型

1．〈動〉とき（に／は）〈動〉ます

a．お客さんがお店に入ってきたときには、「いらっしゃいませ。」と言います。

b．お客さんと話すときに、ていねいな日本語を使います。

c．仕事で電話をしたとき、日本語がよくわからなくて困りました。

2．〈動〉なくては／なければいけません

a．はやく仕事を覚えなくてはいけません。

b．勉強も一生懸命がんばらなくてはいけません。

c．日本語を正しく話さなくてはいけません。

3．〈動〉(よ)うと思います

a．将来、通訳になろうと思っています。

b．もっと一生懸命勉強して、資格をはやくとろうと思います。

c．とても楽しい仕事なので、ずっと続けようと思います。

4．〈動〉ようになります

a．アルバイトをしているので、日本語がだいぶ話せるようになりました。

b．日本語で電話がかけられるようになりました。

c．仕事をしていて、日本人の考え方がわかるようになりました。

5．～らしいです〔推量〕

a．店の人たちはみんな忙しいらしいです。よく残業しています。

b．この店の料理はとてもおいしいらしくて、いつもこんでいます。

c．店には中国語ができる人はいないらしくて、いつも通訳をさがしています。

III．質問

1．あなたは何か仕事をしていますか（していましたか）。
2．いつ（何時から何時まで）働いていますか。
3．どこで働いていますか。
4．どうして、その仕事をすることになったのですか。
5．どんな仕事ですか。
6．職場ではどんなことに気をつけなくてはいけないと思いますか。
7．職場の人たちは親切ですか。
8．仕事をしていて、できるようになったことがありますか。
9．仕事をしているとき、嬉(うれ)しいと思ったことがありますか。
10．仕事をしているとき、いやだと思ったことがありますか。
11．職場の中はどんなようすですか。
12．これから、どんな仕事をしたいと思っていますか。

IV．作文例

私は昼は学校で日本語を勉強していますが、夜はレストランでアルバイトをしています。この仕事は友だちに紹介してもらいました。仕事はウエイターで、お皿を運んだり、テーブルの上を片付けたりします。店の人たちはみんな親切でいろいろなことを教えてくれます。だから、私ももっと一生懸命働かなくてはいけないと思います。

お客さんと話すので、日本語がだいぶわかるようになりました。お客さんが笑顔で「ごちそうさま」と言ってくれるとき、嬉しくて、大きな声で「ありがとうございました」と言っています。店長は忙しいらしくて、いつも夜遅くまで残業しています。

学校で勉強したあと、仕事をするのはとても疲れます。でも、将来、国で自分の店を持ちたいと思っているし、いろいろな人と知り合うことができるのは楽しいので、がんばろうと思います。

V．ここで習った語句や文型をたくさん使って、あなたも書いてみましょう。（400字）

8.　私の一週間

I．関連語句

曜日　週末　買物　スーパーマーケット　デパート　店　食事のしたく　朝食　昼食　夕食　ブランチ　放課後　図書館　予習　復習　宿題　アルバイト　音楽会　ドライブ　ハイキング　映画　パーティー　1泊旅行　温泉　友達の家　教会　公園　そうじ　せんたく　ひま　いそがしい　のんびり(する)　ぶらぶら(する)　ひるね(をする)　寄り道(をする)　散歩(する)　さぼる　なまける

II．言い回し・文型

1．～はもちろん～も

a．知っている人はもちろん知らない人とも話します。

b．ハイキングはもちろんドライブも旅行もすきです。

c．土曜日はもちろん日曜日も月曜日もでかけます。

2．〈動〉ながら〈動〉ます

a．おべんとうを食べながら話します。

b．音楽を聞きながら勉強します。

c．コーヒーを飲みながらテレビを見ます。

3．〈動〉てから、〈動〉ます

a．学校が終わってからアルバイトに行きます。

b．映画を見てから食事をします。

c．勉強してから買物に行きます。

4．～から～にかけて～

a．金曜日の夜から土曜日にかけてパーティーをします。

b．月末から月はじめにかけて休みます。

c．3時間目から4時間目にかけてテストをします。

5．〈動〉たことがあります

a．温泉に行ったことがあります。

b．お酒を飲んだことがあります。

c．ディスコでおどったことがあります。

III．質問

1．学校は何曜日から何曜日までですか。
2．何時から何時まで学校で勉強しますか。
3．お昼休みは何時から何時までですか。
4．お昼はどうしますか。
5．何の時間が一番すきですか。
6．放課後は何をしますか。
7．学校が終わるとまっすぐ家に帰りますか。
8．友達とどこかへ行きますか。
9．金曜日の夜はどこかへ行きますか。
10．土曜日もでかけますか。
11．日曜日はどう過ごしますか。
12．週末に旅行やドライブにでかけることがありますか。
13．旅行にでかけるのがすきですか。
14．１週間に何回ぐらい手紙を書きますか。
15．何曜日にのんびりしますか。

IV．作文例

わたしは月曜日から金曜日まで日本語の学校に行きます。そして９時から３時まで勉強します。お昼休みは12時から１時まで１時間あります。わたしはこの時間がすきです。自分のクラスの友達はもちろん、他のクラスの友達ともおべんとうを食べながら、いろいろなことを話し合います。ときどき学校の近くのレストランへ行くこともあります。

放課後は学校の図書館で５時まで予習と復習をしてからアルバイトに行きます。火曜日から土曜日まで、夜はアルバイトや勉強でいそがしいですからあまり遊びに行きません。土曜日は学校は休みです。朝はそうじをしたり、せんたくをしたり、近所のスーパーへ買物にでかけたりします。日曜日の午前中は教会へ行きます。午後は天気のいい日は公園を散歩します。土曜から日曜にかけて温泉に行ったことがありますが、わたしは土、日は家で両親や友達に手紙を書いたりテレビを見たりして、のんびりすごすのがすきです。

私の一週間

V．ここで習った語句や文型をたくさん使って、あなたも書いてみましょう。(400字)

9.　おたん生日

I．関連語句

パーティー　バースデーケーキ　バースデーソング　プレゼント　おきもの　とけい　人形　ベルト　ネックレス　ネクタイ　万年筆　花たば　ろうそく　カード　よせ書き　招待状　クラスメート　親友　親せき　ワイン　シャンペン　ビール　グラス　ほうそう紙　仲が(良い／悪い)　(ケーキを)やく　(ろうそくを)たてる　(ろうそくの火を)ふきけす　(栓を)ぬく　(お酒を)つぐ　リボンを(かける／ほどく)　(お店を)かりきる　(お酒で)かんぱいする　(クラッカーを)ならす　(写真／ビデオ)をとる　予約する　注文する　もちよる　かざる　つつむ　おしゃれする　ないしょにする　びっくりする　いわう　すごす　たのしむ

II．言い回し・文型

1．〈イ形〉くなります／〈ナ形・名〉になります

a．1月1日で二十歳になりました。

b．ヤンさんはきれいになりましたね。

c．外はもうくらくなりました。

2．〈動〉てあります

a．プレゼントにあかいリボンがかけてありました。

b．プレゼントはきれいなほうそう紙でつつんでありました。

c．私がへやに入ったとき、へやがかざってありました。

3．〈名〉を　やります／あげます／さしあげます

a．私は友だちにたん生日のプレゼントをあげました。

b．チンさんはジョンさんにとけいをあげました。

c．私たちは先生にネクタイをさしあげました。

d．私はおとうとにペンをやりました。

4．〈名〉を　もらいます／いただきます

a．私は友だちに花たばをもらいました。

b．コンさんはカさんからてがみをもらいました。

c．たん生日に学校からカードをもらいました。

d．私たちは先生に本をいただきました。

5．〈名〉を　くれます／くださいます

a．コウさんは私にハンカチをくれました。

b．田中さんは私に何もくれませんでした。

c．先生は私にしゃしんをくださいました。

d．おとうとは私に花をくれました。

6．〈動〉て　やります／あげます／さしあげます

a．私は友だちにしゃしんを見せてあげました。

b．ジョンさんはチンさんに英語をおしえてあげます。

c．私たちは先生にうたをうたってさしあげました。

d．私はおとうとにお金をかしてやりました。

7．〈動〉て　もらいます／いただきます

a．私はオウさんにしゃしんをとってもらいました。

b．ガンさんはヨウさんからカメラをかしてもらいました。

c．私は先生に日本語をおしえていただきました。

8．〈動〉て　くれます／くださいます

a．あなたは私に何をしてくれますか。

b．山田さんは私にカードを書いてくれました。

c．先生は私たちに日本のうたをおしえてくださいました。

III．質問

1．あなたのたん生日は何月何日ですか。

2．あなたはたん生パーティーをしたことがありますか。

3．だれのたん生パーティーをしましたか。

4．そのたん生日でその人は何さいになりましたか。

5．どこでパーティーをしましたか。

6．友だちが来ましたか。

7．あなたはどんなふくそうをしましたか。

8．友だちはどんなふくそうをしていましたか。

9．料理をつくりましたか／どんな料理をつくりましたか。

10．何を食べて、何を飲みましたか。
11．プレゼントをもらいましたか／あげましたか。
12．何をもらいましたか／あげましたか。
13．パーティーでどんなことをしましたか。
14．写真をとりましたか。
15．どんなたん生パーティーでしたか。

Ⅳ．作文例

私のたん生日は２月12日です。今年のたん生日で私は21歳になりました。私はその日、友だちといっしょにたん生パーティーをするしたくをしました。まず、カフェをかりきりました。そしてそこをきれいにかざりました。バースデーケーキにろうそくを21本たてました。それから私がすきなこん色のワンピースをきました。

５時からパーティーをはじめました。友だちがたくさん来てくれました。そしてみんな私に「おめでとう！」と言ってくれました。私がケーキにたててあるろうそくの火をけす時、シャンペンの栓をぬいてくれました。そして、人形やこう水や絵など、いろいろなプレゼントをくれました。それからうたをうたいながらビールを飲んだりステーキを食べたり、ゲームをしたりしてすごしました。

今までのたん生日パーティーの中で一番たのしいパーティーでした。

Ｖ．ここで習った語句や文型をたくさん使って、あなたも書いてみましょう。(400字)

10.　日本語の授業

I．関連語句

発音　アクセント　文法　文型　書き順　作文　会話　新出語　意味　例文　問題　宿題　試験　絵　写真　実物　カード　動作　身ぶり手ぶり　役割練習　テープ　歌　ビデオ　ゲーム　母国語　説明(する)　練習(する)　質問(する)　復習(する)　注意(する)　暗記(する)　緊張(する)　～が(得意／苦手)　簡単　複雑　～が(好き／きらい)　重要　退くつ　同じ　ちがう　(質問に)答える　始める　終わる　おぼえる　(～が)できる　見せる　まちがえる　(例を)あげる　くり返す　(あとに)つく　言いかえる　(まちがいを)なおす　試験を(する／受ける)　(体を)動かす　何回も　ゆっくり　一人ずつ　一人で　全員で　実際に　授業(中)

II．言い回し・文型

1．注意します

a．アクセントに注意して言います。

b．まちがえないように注意して書きます。

c．先生は学生が母国語を使うと注意します。

2．〈動〉（さ）せます〔使役〕

a．先生は学生にテープを聞かせます。

b．先生は学生に漢字の練習をさせます。

c．先生は学生に文を言わせたり、質問に答えさせたりします。

3．〈動〉こと／のが（好き／きらい／苦手）です

a．私は作文を書くこと（の）が好きです。

b．私は漢字をおぼえること（の）が苦手です。

c．私は日本語で話すこと（の）が好きなので、会話の時間が一番楽しいです。

III．質問

1．日本語の授業は1週間に何回ありますか。

2．どんな先生が教えますか。

3．授業中、先生は学生の母国語を使いますか。

4．授業では、どんなことを練習しますか。
5．授業のはじめに、何をしますか。
6．先生はどうやって新しい言葉や文型を教えますか。
7．それから、先生はあなたがたにどんなことをさせますか。
8．その外に、先生はどんなことをさせますか。
9．漢字はどうやって練習しますか。
10．会話の練習は楽しいですか。
11．授業中に、ビデオを見たり、歌を歌ったり、ゲームをしたことがありますか。
12．試験はどうですか。
13．毎日宿題がありますか。
14．授業の中で、何の練習をしている時が一番楽しいですか。
15．授業の中で、何の練習がむずかしいですか。苦手ですか。
16．先生はどんな時学生に注意しますか。

Ⅳ．作文例

日本語の授業は1週間に5回あって、文型や会話、漢字、作文などを練習します。本を読んだり、テープを聞いたり、ビデオを見たりもします。授業中は先生も私たちも日本語しか使いません。

はじめに、簡単に復習をしてから、新出語や文型を習います。先生は絵や動作を見せて説明していきます。何回も文を聞かせてから、私たちに言わせます。私たちは文型を使って文を作ったり、先生の質問に答えたり、学生同士で質問しあったりします。

よく、先生は私たちに短い会話を暗記させて、役割練習をさせます。とても緊張しますが、実際に、体を動かしながら話すのはおもしろいので、私はこの練習が一番好きです。しかし、漢字は苦手です。先生は私たちに漢字が書いてあるカードを読ませたり、何回も書かせたりします。最後に、声を出して教科書を読みます。先生は私たちに一人ずつ読ませて、まちがった読み方をなおします。

Ⅴ．ここで習った語句や文型をたくさん使って、あなたも書いてみましょう。（400字）

11.　私の住んでいる町

I．関連語句

住宅(街)　商店(街)　(大)通り　(駅前)広場　公園　スーパー(マーケット)　24時間ストアー　青空市　大安売り　マンション　ふろや　郵便局　公民館　バス停　交番　やおや　魚や　肉や　米や　たばこや　食堂　そばや　すしや　きっさ店　ブティック　休日　週末　町(内)会　歩行者天国　祭り　盆おどり　花火大会　屋台　散歩(する)　生活(する)　活気(がある)　利用(する)　にぎやか　しずか　せまい　広い　不便　便利　おしゃれ　～が集まる　～とよばれる　～ばかり　緑が(多い／少ない)　～が広がる

II．言い回し・文型

1．〈場所〉に〈名〉があります

a．駅前に、小さい広場があって、いつも人がおおぜいいます。

b．町のまん中に、郵便局があります。

c．銀行のとなりに、デパートがあって、そのとなりには公園があります。

2．～と～

a．学校の前を通って、5分ぐらい歩くと、病院があります。

b．大通りをわたって、まっすぐ行くと、すぐ私の家です。

c．夏になると、駅前広場で盆おどり大会が開かれます。

3．〈動〉(ら)れます〔受身〕

a．週に2回、広場で青空市が開かれます。

b．このビルは1年前にたてられました。

c．町の図書館は、おおぜいの人に利用されています。

4．(～へ)～に〈動〉ます〔目的〕

a．郵便局へ手紙を出しに行きます。

b．友だちといっしょに、海へおよぎに行きます。

c．夏の夜は多摩川へ花火を見に行きます。

5．～ても～

a．本木町はどこを見てもマンションばかりです。

b．くだものやのおじさんは何を買ってもまけてくれる。

c．駅の近くのレストランは、いつ行ってもこんでいます。

III．質問

1．あなたの家はどこにありますか。何という町ですか。

2．あなたの家のまわりはどんなようすですか。にぎやかですか。

3．アパートや家は多いですか。あなたの家のまわりにはどんな人が住んでいますか。

4．店は多いですか。どんな店がありますか。

5．そのほかにどんな建て物がありますか。

6．あなたの家の近くには駅がありますか。駅のまわりはどんなようすですか。

7．週末や休みの日は、いつもと町のようすがちがいますか。

8．あなたは近くに住んでいる人と、話をすることがありますか。

9．町会で祭りや盆おどりなどをすることがありますか。

10．あなたはどんな店で買い物しますか。

11．あなたの住んでいる町は、生活に便利ですか、不便ですか。

12．町には公園や緑が多いですか、少ないですか。

13．あなたの町のどんな点がすきですか、きらいですか。

IV．作文例

私が住んでいる町は足立区の本木町です。本木町は小さい町で、荒川の近くにあります。川風のおかげで空気が大変きれいです。ですからアパートやマンションがたくさん建っています。本木町の通りはどれもとてもよくにています。町を歩いてみると、それがわかります。どこを歩いても、木がたくさんあって、きれいで気持ちがいいです。駅まで歩いて15分ぐらいかかります。駅の近くには商店街があって、いつもにぎやかです。休みの日は、駅の近くのスーパーマーケットで買い物をします。

本木町の人はみんな親切で、まるで家族のようです。夏には荒川で花火大会があって、おおぜいの人が見に来ました。私の住んでいるアパートの上の階にも、人が集まって花火を見ました。とても楽しかったです。私はこの町が大好きです。

V．ここで習った語句や文型をたくさん使って、あなたも書いてみましょう。（400字）

12.　私の家族

I．関連語句

(大)家族　両親(父 母)　兄弟／姉妹　祖父／祖母　息子　娘　一人っ子　孫　ペット　職業　仕事　医者　教師　サラリーマン　社長　重役　会社(員)　自営業　技術者　エンジニア　アルバイト　農家　工場　役所　通学　大学(生)　高校(生)　しゅみ　働き者　なまけもの　性格　ふんいき　せっかち　ほがらか　まじめ　しずか　あかるい　やさしい　こわい　きびしい　(さびしがり／はずかしがり／わからず／がんばり)や　(歴史／芸術／小説／音楽／政治／勉強／努力／倹約)家　たのしい　つまらない　さびしい　にぎやか　～が(すき／きらい／とくい)　住む　(～して)すごす　(年が)はなれている　(～で)働く　(～に)勤める

II．言い回し・文型

1．にが手（下手）＝a．会話はとくいだが、作文はにが手だ。

b．あまり知らない人と話すのはにが手だ。

(きらい)＝a．わたしは歯医者がにが手だ。

b．わたしはへびがにが手だ。

c．乗り物に乗るとすぐ気持ちが悪くなる。とくに船はにが手だ。

2．～ようです／～ような〈名〉／～ように〈動〉〔様態〕

a．妹は色が白くてお人形のような顔をしています。

b．わたしは母のようなあかるくてやさしい人が好きです。

c．仕事が山のようにあります。

d．兄はこまねずみのように働きます。

3.〈名〉という〈名〉～

a．となりに住んでいる人は田中さんという人です。

b．〇〇という会社に勤めています。

c．サフィという名前の猫をかっています。

4．〈動〉たいです／たがります

a．私は音楽が勉強したいです。

b．妹は母の買物について行きたがっています。

c．父は兄を大学へ行かせたがっています。

d．母は私を医者にさせたがっています。

5．〈ナ形・名〉になります

a．みんなが帰ってくると、家の中が急ににぎやかになります。

b．今年高校1年になる弟があります。

c．1番上の兄はもう3人の子の父親になっています。

d．2番目の兄は新聞記者になりたがっています。

6．決して〈動〉ません

a．父は決して朝寝ぼうをしません。

b．父と母は決して私たちの前で夫婦げんかをしません。

c．弟は人の前で決してなみだを見せません。

7．～たり～たりします／です

a．海で泳いだり、魚つりをしたりするのが好きです。

b．90歳になる祖母は、さいきん寝たり起きたりの生活です。

c．食事の後はみんなでテレビを見たり、トランプをしたりします。

8．〈動〉（ら）れます〔受身〕

a．弟はいつも父にしかられます。

b．となりの家の犬に追いかけられます。

c．父はおおぜいの人にそんけいされています。

d．3年前に父に死なれました。

III．質問

1．あなたの家族は何人ですか。

2．あなたといっしょに住んでいる家族は誰ですか。

3．ご両親の職業は何ですか。

4．ご両親は家にいる時、どんなことをしますか。

5．ご両親はどんな性格ですか。

6．あなたは結婚していますか。

7．あなたのご主人（奥さん）は何をしていますか。

8．あなたの兄弟、姉妹は今、何さいですか。

9．あなたの兄弟、姉妹は何をしていますか。

10. あなたの兄弟、姉妹はどんな性格ですか。

11. あなたの兄弟、姉妹は将来何をしたがっていますか。

12. あなたの家族は何がとくいで、何がにが手ですか。

13. あなたの家ではペットをかっていますか。そのペットについて説明してください。

Ⅳ．作文例

私の家族は４人と１匹です。両親と私、弟、それにゴンという名の犬です。父は歴史家なので、サラリーマンのように毎日決まった時間に出勤しません。書斎で原稿を書きます。父は話がにが手なので、母が客の相手をします。高校へ行っている弟は将来外国で働きたがっています。

ゴンは今年10さいになります。とてもいばっていて、父がいない時はゴンが父のいすにすわっています。他の人がすわると、鼻にしわをよせておこります。さびしがりやで留守番もきらいです。母や私が出かけるしたくをはじめると、私たちのそばから決してはなれません。留守番をしなければいけないと分かると、私たちのくつをかくしてしまいます。ゴンの最後の手は仮病です。ゴホゴホとせきをしたり、びっこをひいたりします。家族はそれに時々だまされます。

Ｖ．ここで習った語句や文型をたくさん作って、あなたも書いてみましょう（400字）

13.　私の一日

I．関連語句

(朝／昼／晩)ごはん　目ざまし時計　乗り物　交通　ラッシュアワー　乗りかえ駅　洗たく　宿題　予習　復習　アルバイト　喫茶店　レストラン　したく(する)　ちこく(する)　用意(する)　あいさつ(する)　ゆっくり(する)　いそがしい　あわただしい　ひま　〜ごろ　通う　出かける　もどる　乗りかえる　急ぐ　いつも　たいてい　時々　たまに　〜を(着る／はく／ぬぐ)　はをみがく　ひげをそる　かみをとかす　〜を洗う

II．言い回し・文型

1．〈動〉て、〈動〉て、〈動〉ます

a．かおを洗って、はをみがいて、ひげをそります。

b．朝起きて、ごはんを食べて、出かけます。

c．本を読んで、手紙を書いて、ねます。

2．〈動〉て、〜〈動〉ます〔手段〕

a．はしを使って、ごはんを食べます。

b．かがみを見て、かみをとかします。

c．辞書をひいて、日本語の勉強をします。

3．〈動〉まえに／〈動〉たあとで〈動〉ます

a．ごはんを食べるまえに、シャワーをあびます。

b．へやへ入る前に、くつをぬいでください。

c．勉強が終わったあとで、仕事をします。

4．〈動〉とき（に／は）〈動〉ます

a．朝起きた時に「おはようございます」と、あいさつします。

b．つかれた時は休みます。

c．テレビを見ている時に、電話がなりました。

5．〈動〉ながら〈動〉ます

a．テレビを見ながらごはんを食べます。

b．音楽を聞きながら食事のしたくをします。

c．アルバイトをしながら、学校へ通っています。

6．～から～まで

a．朝9時から、午後3時まで勉強します。

b．朝から夕方まで学校にいます。

c．午後4時から8時までは、家の近くにある喫茶店でアルバイトします。

7．～とちゅうで〈動〉ます

a．授業のとちゅうで10分休みます。

b．先生の話のとちゅうで学生が質問しました。

c．学校から帰るとちゅうで本屋によりました。

8．〈場所〉で〈動〉ます

a．銀座で地下鉄に乗りかえます。

b．上野で特急に乗りかえます。

c．バスで新宿へ行き、そこでJR線に乗りかえ、東京駅へ行きます。

III．質問

1．毎朝何時に起きますか。

2．朝起きて出かけるまでに何をしますか。

3．何時に家を出ますか。

4．学校までどのようにして行きますか。

5．何時に学校に着きますか。

6．授業は何時から何時までですか。

7．学校ではどんなことをしますか。

8．昼休みは何時から何時までですか。

9．昼ごはんはどこでだれと食べますか。

10．授業が終わったあとで、どこかへ行きますか。何をしますか。

11．何時に家へ帰りますか。

12．家へ帰ってから晩ごはんの前に何をしますか。

13．晩ごはんは家で食べますか。

14．晩ごはんのあとで何をしますか。

15．毎晩何時に寝ますか。

Ⅳ．下の絵を見て、朝起きてから夜ねるまでのことを話してみましょう。

Ｖ．今まで習ったことを使って、「あなたの一日」を書いてみましょう（400字）

14. 趣　味

I．関連語句

読書　詩　小説　俳句　油絵　水彩画　スケッチ　陶芸　書道　習字　茶道　いけ花　裁縫　あみ物　ししゅう　模型　本物　日曜大工　作品　写真　映画　演劇　劇　芝居　コンサート　レコード　楽器　演奏　スポーツ　ダンス　踊り　乗馬　サイクリング　釣り　登山　山登り　ドライブ　ボーリング　ビリヤード　ゲーム　トランプ　チェス　碁　将棋　ギャンブル　賭け事　庭いじり　盆栽　コレクション　ファン　名人　天才　仲間　相手　ライバル　（サークル／クラブ）活動　～の腕（腕前）　鑑賞する　趣味と実益を兼ねる　（ゲーム／スポーツ）をする　（ギター／ピアノ）をひく

II．文型・言い回し

1．〈名〉に夢中になります／〈名〉に熱中します

a．おとうとは毎日テレビゲームに夢中になっています。

b．あの人は映画好きで、とくにアメリカの映画スターに夢中になっている。

c．私も学生のころは、スポーツに熱中して、あまり勉強しませんでした。

2．〈名〉をしてすごします

a．私の父は、休日は朝から庭いじりをしてすごします。

b．一年中旅行をしてすごせたらすばらしいですね。

c．母は電話が好きで、ひまな時はいつもだれかとおしゃべりをしてすごしています。

3．（～より）～のほうが～

a．仕事と趣味は別のほうが良いと思います。

b．スポーツをするよりも芝居を見るほうが好きです。

c．父より私のほうが将棋が上手です。

III．質問

1．あなたの趣味は何ですか。

2．それはいつから始めましたか。

3．どうして、それに興味を持ちましたか。

4．一緒にそれをする仲間がいますか。
5．それは、いつ、どこでやりますか。
6．日本に来てからもそれをやっていますか。
7．日本に来てから何か新しい趣味ができましたか。
8．あなたの国で、子供の間ではやっている趣味やあそびは何ですか。
9．あなたの国で、大人(おとな)の間ではやっている趣味やあそびは何ですか。
10．日本で、今はやっている趣味やあそびを知っていますか。
11．その中で、あなたもやってみたいと思うものがありますか。
12．あなたの知っている人の中に、何かめずらしい趣味を持っている人がいますか。
13．もしお金がたくさんあったら、どんな事をしてみたいですか。
14．人間はどうして趣味を持っていると思いますか。
15．趣味と実益を兼ねたほうが良いと思いますか。それとも仕事と趣味は別のほうが良いと思いますか。

Ⅳ．作文例

私の趣味は書道です。休日はいつも午前中から筆と硯(すずり)を出して、夕方まで習字をしてすごします。でも、この習慣は日本に来てから始まったものです。もちろん私の国中国でも子供の時から、みんな習字を習います。しかし、国ではそれは私の趣味ではありませんでした。

日本では何でも非常にお金がかかります。ですから初めの頃、私はひまな時でも何もしないで一日中部屋にいました。でも日本語学校で習字のクラスが始まったので、私もやってみることにしました。漢字は私の国でも書きましたが、ひらがなを筆で書くのは初めての経験でした。その時私は筆で書くひらがなの美しさにとても感動しました。今、私はひらがなの練習に夢中になっています。

それに習字をやっていると、国のこと、とくに高校生のころを思い出して、とてもなつかしい気持ちになります。習字は孤独(こどく)な趣味です。友だちは「もっと外に出て遊んだ方がいいでしょう」と言いますが、私は習字をやっていると本当に時間をわすれてしまうのです。

Ⅴ．ここで習った語句や文型をたくさん使って、あなたも書いてみましょう。（400字）

15. ペット

I．関連語句

動物　ペット　えさ　ドッグフード　キャットフード　ペットフード　首輪(くびわ)　くさり　つな　ミルク（牛乳）　ペットショップ　犬小屋　鳥かご　砂箱(すなばこ)　しつけ　世話　散歩　芸　迷惑(めいわく)　近所の人　獣医(じゅうい)　動物病院　予防注射（接種(せっしゅ)）　狂犬病(きょうけんびょう)　保健所　登録　のら（犬／猫(ねこ)）　小鳥　ひな　子（犬／猫）　うるさい　おとなしい　かわいい　つれていく　しつける　覚える　つなぐ　（迷惑を）かける　予防接種を（うける／する）　ほえる　気をつける　（子犬を）拾う／捨てる　（言うことを）きく　鳴く　かわいがる　（寒／暑／欲し／痛／さびし／悲し）がる　なれる　なつく　飼(か)う

II．言い回し・文型

1．〈動〉うえで

a．動物を飼ううえで気をつけることは人にめいわくをかけないことです。

b．保健所に登録するうえで必要なものはかんさつです。

c．この薬を使用するうえで気をつけなければならないことは何ですか。

2．〈動〉たことがあります

a．犬を飼ったことがあります。

b．近所の人に迷惑をかけたことがあります。

c．ペットにかまれたことはありません。

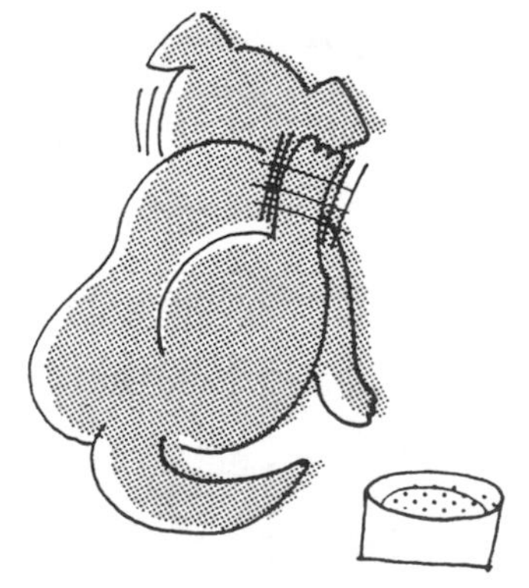

3．〈動〉（さ）せます〔使役〕

a．毎朝公園を散歩させます。

b．犬に芸を覚えさせました。

c．予防接種をうけさせます。

4．〈イ形〉くなります／〈ナ形・名〉になります／〈動〉ようになります

a．子犬がだんだん大きくなりました。

b．けががなおって、だんだん元気になりました。

c．だんだん私の言うことをきくようになりました。

III．質問

1．あなたは動物を飼ったことがありますか。

2．どんな動物を飼っていましたか／いますか。

3．どうして（何のために）その動物を飼うことにしたのですか。

4．その動物が初めてあなたの家に来たとき、どんな様子でしたか。

5．そのあと、どうなりましたか。

6．えさはあなたが作りましたか、どんなものを食べさせましたか。

7．ペットフードを利用しましたか。それはなぜですか。

8．ふだん、他にどのような世話をしましたか。

9．何かしつけをしましたか。どんなしつけをしましたか。

10．それはなぜ（何のため）ですか。

11．何か芸を覚えさせましたか。

12．その動物があなたを困らせたり、近所の人に迷惑をかけたりしたことがありましたか。それはどんなことでしたか。

13．そのようなとき、あなたはどうしましたか。

14．動物を飼ううえで、気をつけなければならないことは何ですか。

15．動物を飼っていて、良いこと、良くないことは何ですか。

Ⅳ．作文例

私は小さいころ犬を飼っていました。友だちの犬が子供をたくさん生んだので、1匹もらったのです。私の家に来たときは、小さくておとなしかったので「チビ」という名をつけました。しかしだんだん大きくなって、よくほえるようになりました。

チビの世話は全部私がやりました。えさを作ったり近くの公園を散歩させたりしました。チビは「おすわり」を覚えました。「おすわり」というのはごはんの前に、すわらせることです。その他には、あまりしつけをしませんでした。チビは1度近所の子供にかみついたことがあります。子供は、けがはしませんでしたが、私は犬をつれてあやまりに行きました。

動物を飼ううえで、しつけはとても大切だと思いました。

V．ここで習った語句や文型をたくさん使って、あなたも書いてみましょう。(400字)

16.　課外授業

I．関連語句

団体　団体割引　工場（見学）　会社　作業　受付　観光バス　バスガイド　観光地　見物人　係員　予定　予約　持ち物　切符　みやげもの(や)　記念品　目的地　景色　見学(する)　見物(する)　参加(する)　集合(する)　解散(する)　出発(する)　休けい(する)　説明(する)　案内(する)　用意(する)　計画(する)　利用（する）　遠い　近い　めずらしい　くわしい　すばらしい　しんせつ　集まる　しらべる　出る　着く　乗る　降りる　決める　まとまる　もどる　おくれる　連れて行く　ついて行く　乗りかえる　話し合う　列を作る　列に並ぶ　～かこむ

II．言い回し・文型

1．～まで～かかります

a．船が浅草へ着くまで1時間ぐらいかかりました。

b．全員が集まるまで15分かかりました。

c．会場に入場するまで30分かかりました。

2．～から～まで

a．学校から上野までバスで行きました。

b．家から駅まで歩いて行きました。

c．浜松町から浅草まで船で行きました。

3．（まるで）～ようです／～ような〈名〉／～ように〈動〉〔様態〕

a．きょうは暑くてまるで夏のようです。

b．外国映画で見たような美しい所でした。

c．一日中歩いたので足がぼうのようにつかれました。

4．〈動〉ながら〈動〉ます

a．船に乗りながら、町を見物しました。

b．昼ごはんを食べながら、説明を聞きました。

c．歩きながら、友だちと話しました。

5．〈動〉ところ～

a．わたしがついた時には、もうみんなは切符を買っているところでした。

b．見学が終わったところで昼ごはんにしました。

c．ちょうど映画が始まるところでした。

III．質問

1．いつ、どこへ行きましたか。

2．だれといっしょに行きましたか。

3．どうしてそこをえらびましたか。

4．初めにどこに集まりましたか。

5．そこからどうやって目的地まで行きましたか。

6．とちゅうでどんなものを見ましたか、どんなことをしましたか。

7．目的地に着いて、初めに何を見ましたか。

8．そこはどんな所ですか、どんなものがありましたか。

9．どんな人々がいましたか。

10．そこで何をしましたか。

11．そこから帰りはどうやって帰りましたか。

12．どんなことが、一番強く心に残っていますか。

13．またそこへ行きたいと思いますか。

14．その次にどんな所へ行ってみたいですか。

IV．作文例

きのう日本語科全員で、浅草へ行った。浜松町（はままつちょう）まで電車で行って、そこから船に乗った。形のちがう橋をいくつもくぐり、東京見物をしながら浅草へ着いた。

ちょうど、「ほおずき市」で、大変こんでいた。浅草には今まで見たことのないめずらしい物がたくさんあった。昔の品物を売っている店には、かさとか、きれいな飾（かざ）り物が並んでいて、私も買いたいと思った。しかし高いので買えなかった。

昼はクラスの人や先生方といっしょに中華料理を食べて、それから浅草寺へおまいりした。みんなで写真をとったりしてから、午後3時ごろに解散（かいさん）した。暑かったのでつかれたがおもしろい一日だった。今度はみんなで上野公園へ行ってみたいと思う。

V．ここで習った語句や文型をたくさん使って、あなたも書いてみましょう。（400字）

17. 日本での食生活

I．関連語句

朝食(朝ごはん) 昼食(昼ごはん) 夕食(晩ごはん) 間食(おやつ) 外食 レストラン ファーストフード (お)弁当 パン 米 調味料 インスタント食品 日本料理 中華料理 韓国料理 西洋料理 材料 しょうゆ さとう みりん 塩 みそ わさび からし さしみ 天ぷら のり わかめ すきやき やきとり 野菜 みそしる 肉 ひき肉 魚 味 におい(香り) 味の素 コーヒー 紅茶 (お)茶 ジュース コーラ 油 サラダ油 (お)菓子 ちがい 手間 辛い すっぱい 甘い 味が(こい／うすい) 塩からい(しょっぱい) おいしい まずい すき きらい 作る (材料に)困る 太る やせる (甘／辛)すぎる 煮る 焼く いためる ゆでる (油で)あげる 朝食を(とる／ぬく)

II．言い回し・文型

1．(時間／手間／お金) をかけます／がかかります

　　a．天ぷらを作るのには時間がかかります。

　　b．食事にはお金をかけたくありません。

　　c．いつも手間をかけて夕食を作ります。

2．〈名〉もあれば〈名〉もあります

　　a．朝食をとることもあればとらないこともあります。

　　b．外食することもあれば、自分で作ることもあります。

　　c．好きなものもあればきらいなものもあります。

3．〈名〉で／から〈名〉をつくります

　　a．大豆からしょうゆをつくります。

　　b．サラダ油や酢や塩などで、ドレッシングを作ります。

　　c．麻婆(マーボー)豆腐はひき肉と豆腐で作ります。

4．〈名〉より〈名〉のほうが〈イ・ナ形〉です

　　a．さしみより天ぷらのほうが安いです。

　　b．ファーストフードより自分で作った料理のほうがおいしいです。

　　c．好きなものよりきらいなもののほうが多いです。

III．質問

1．あなたは朝食をとりますか。どんなものを食べますか。

2．昼はお弁当を作りますか。それとも外食しますか。

3．夕食は自分で作りますか。それとも外食しますか。

4．何でどんなものを作りますか。

5．朝食・昼食・夕食の中で、どれにお金がかかりますか。

6．外食したとき、おいしいと感じましたか。

7．あなたが作った料理のほうがおいしいですか。

8．日本で料理を作るとき、材料に困ったことがありますか。

9．日本にない材料とは、どんなものですか。

10．日本であなたの国の料理を食べに行ったことがありますか。

11．あなたの国で食べたときと、味がちがいましたか。

12．日本料理はどうですか。好きですか。きらいですか。

13．日本料理の中で何か食べられないものがありますか。

14．日本に来てから太る人もいれば、やせる人もいますが、あなたはどちらですか。

15．それはなぜだと思いますか。

IV．作文例

私は朝食をとることもあればとらないこともあります。時間があるときは、トーストを食べます。昼は学校の近くのレストランで食事をします。レストランの食事はあまりおいしくないですが、自分で作った料理よりはおいしいと思います。しかし昼食にお金がかかるので、夕食は自分で作ります。日本では中国の野菜や調味料が少ないので上手に作れません。

私はよく中華料理を食べに行きます。味は中国とはちがいますが、おいしいです。私は日本料理はあまり好きではありません。みそやしょうゆは塩からすぎるからです。

私はあまり間食はしませんが、日本に来てから太ってしまいました。インスタントラーメンを食べすぎたからかもしれません。

V．ここで習った語句や文型をたくさん使って、あなたも書いてみましょう。(400字)

18.　母の日

I．関連語句

家事　炊事　専業主婦　仕事　カーネーション　カード　リボン　エプロン　洋服　レストラン　映画　思いやり　幸せ　愛情　言葉　気持ち　手紙　笑顔　兄弟　心配(する)　感謝(する)　プレゼント(する)　ごちそう(する)　料理(する)　洗たく(する)　そうじ(する)　忙しい　うれしい　ありがたい　明るい　きびしい　楽しい　やさしい　ほがらか　大切　喜ぶ　あげる　手伝う　贈る　送る　ほめる　しかる　なぐさめる　働く　(おこづかいを)ためる　リボンを(かける／つける／結ぶ)　(家事／勉強／仕事)で忙しい　～(の)ため(に)　肩をたたく

II．言い回し・文型

1．～をこめて（こめる）

a．母は、父のセーターを、心をこめてあんでいます。

b．私たちをしかる母の言葉には、深い愛情がこめられています。

c．故郷への思いをこめて、「さくらさくら」を歌います。

2．せめて～

a．外国へ行けなくても、せめて北海道か沖縄へは行きたいと思います。

b．もうお帰りですか。せめてお茶ぐらい飲んでいらっしゃればいいのに。

c．テストでせめて90点は取りたかった。

3．〈動〉てあげます

a．母にも、いつか富士山を見せてあげたいと思っています。

b．きのう、川でおぼれそうになった子どもを助けてあげました。

c．してあげるという気持ちでは、国際協力はうまくいきません。

4．〈動〉てくれます

a．子どものころ、母はよく本を読んでくれました。

b．いつも弟に親切にしてくれてありがとう。

c．あの時言ってくれれば、私もよけいな心配をしなくてすんだのに。

5．〈動〉（ら）れます〔受身〕

a．母にたのまれてお使いに行った時、妹に泣かれて困りました。

b．「車にひかれないように気をつけなさい。」と、母に言われました。

c．子どものころ、父にしかられると、母がいつもなぐさめてくれました。

III．質問

1．あなたの国では、「母の日」はいつですか。

2．あなたの国では、「母の日」に何かしますか。

3．子どものころ、「母の日」にはどんなことをしましたか。

4．最近、「母の日」にはどんなことをしますか。

5．「母の日」には何かプレゼントしますか。

6．プレゼントをもらった時、お母さんはどうしましたか。

7．お母さんは、いつもあなたにどんなことをしてくれますか。

8．どんな気持ちで、いろいろなことをしますか。

9．「母の日」には、お母さんといっしょにどこかへ行きますか。

10．あなたのお母さんは専業主婦ですか、それとも何か仕事をもっていますか。

11．あなたのお母さんは、どんなことをしてあげると一番喜びますか。

12．来年の「母の日」には、どんなことをしてあげるつもりですか。

IV．作文例

私の国では、5月の第2日曜日が「母の日」です。子どものころは毎年、赤いカーネーションとエプロンをプレゼントしていました。母がいつも私たちのために何かをしてくれることはあたりまえだと思っていましたが、この日ばかりは母のために何かしてあげたいという気持ちになりました。

今は、母の手伝いをできるだけしたいと思っているのですが、私も姉も仕事で忙しく、家事を手伝う時間がありません。そのため、母はあいかわらず毎日家事に追われています。せめて母の日だけは楽をさせてあげたいと思って、そうじや洗たくをしたり、料理を作ったりします。家事が終わって、肩をたたいてあげる時、母はとてもうれしそうです。

V．ここで習った語句や文型をたくさん使って、あなたも書いてみましょう。(400字)

19.　高校生活

I．関連語句

放課後　校庭　教室　席　廊下　授業　試験　数学　英語　美術　音楽　体育　科目

宿題　お弁当(べんとう)　校則　制服　～委員　クラブ活動　～クラブ／部　行事　修学旅行

体育祭　遠足　学園祭　新学期　夏休み　クラス　友だち　親友　先輩　後輩

先生　将来　思い出　楽しみ　悩み　遅刻(する)　(電車／自転車) 通学 (する)

寄り道(する)　勉強(する)　運動(する)　予習(する)　練習(する)　入学 (する)

卒業(する)　希望(する)　なつかしい　楽しい　つらい　すばらしい　やさしい

きびしい　仲がいい　思い出す　忘れる　通う　(話し／助け／なぐり)合う

II．言い回し・文型

1．～途中

a．学校へ行く途中に、花のきれいな公園がありました。

b．試合の途中から、雨が降りだしました。

c．通学の途中で、偶然になつかしい友だちに会いました。

2．～こと／もの／の～

a．高校生活で特に印象に残っているのは、学園祭で実行委員をやったことです。

b．私たちが大切にしているものは、すばらしい思い出です。

c．毎日楽しみにしていたのは、お昼のお弁当でした。

3．〈動〉ことにしています

a．学生時代、毎日10こずつ英単語を覚えることにしていました。

b．私はテレビが大好きですが、試験前は見ないことにしています。

c．私は健康のために毎朝2キロ、ジョギングすることにしています。

4．〈動〉たものです

a．私たちは、放課後、校庭でテニスをしたものです。

b．小学生のころ、宿題を忘れて、廊下に立たされたものです。

c．夏休みになると、いなかへ遊びに行ったものです。

III．質問

1．電車通学でしたか。自転車通学でしたか。
2．通学の途中、どんなことがありましたか。
3．帰り道はまっすぐ帰宅しましたか。友だちと寄り道しましたか。
4．何かクラブ活動をしていましたか。
5．仲のいい友だちがいましたか。
6．どんな先生がいましたか。
7．好きな科目、きらいな科目は何ですか。
8．休みの日には何をしていましたか。
9．夏休みなど、長い休みにはどんなことをしましたか。
10．どんな行事が心に残っていますか。
11．高校生活の楽しみは何でしたか。
12．高校時代は将来何になろうと思っていましたか。

IV．作文例

高校の時、私は毎朝7時20分に家を出ることにしていました。けれども、遅刻しそうになって走ったこともありました。帰りは、友だちとたまに寄り道をして、ケーキ屋さんや本屋さんへ行きました。校則では禁止されていたので、何となくスリルがあって、ドキドキしたことを今でもなつかしく思い出します。

私は3年間ずっと合唱部でした。練習はつらくもあり、また楽しくもありました。1年に1度の発表会の前は、練習で帰りがおそくなることがよくありました。暗い道を、友だちと駅へ向かう途中、悩みを相談し合ったり、10年後の自分たちについて、話したりしたものです。今から思えば、このおしゃべりが、毎日の生活の楽しみだったのかもしれません。私が高校生活で得た一番大きなものは、友情だと思います。

V．ここで習った語句や文型をたくさん使って、あなたも書いてみましょう。(400字)

20. お風呂屋さん

I. 関連語句

せん湯　公衆浴場　内風呂　入口　のれん　(男／女)湯　げた箱　番台　風呂代　サウナ　石けん　シャンプー　かみそり　だついかご　ロッカー　赤ちゃん用ベッド　はかり　裸　鏡　扇風機　マッサージ機　有料ドライヤー　洗い場　湯舟　じゃ口　おけ　こしかけ　シャワー　けしき　ふうけい画　タイル　(ぬるい／あつい)湯好き　入浴　せっし40度　手ぬぐい　湯上がりタオル　せけん話　ふれ合い　いこい　経営　はずかしい　せいけつな　様々な　(湯に)つかる　(湯が)あふれる　すべる　眺める　くつろぐ　そる　(背中を)流す　浴びる　姿を消す　おたがいに　自分で　経済的に　一言で言えば「からすの行水」

II. 言い回し・文型

1. ～おきに

　a. 1日おきにお風呂屋へ行く。

　b. 2行おきにタイプする。

　c. 3メートルおきに桜の木をうえる。

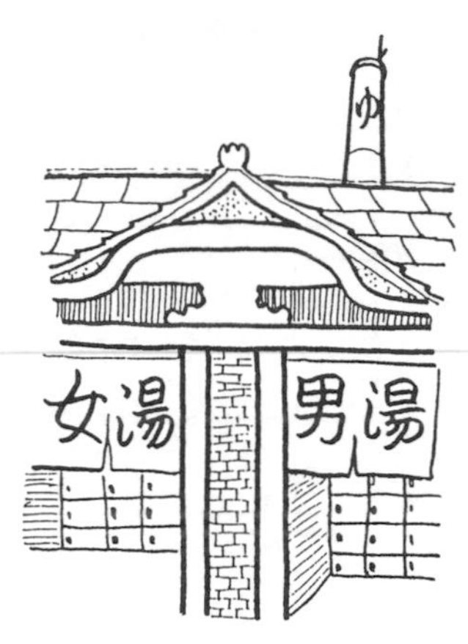

2. ～に一度／回

　a. 三日に一度スーパーへ買物に行く。

　b. 1年に1度、海外旅行をしたいです。

　c. オリンピックは4年に1回おこなわれます。

3. ～まま～

　a. くつをはいたまま入ってはいけません。

　b. あの学生は毎日ふとんをしいたままです。

　c. 本を開いたままねむっている人はだれですか。

4. (みんなで／おたがいに) ～し合う

　a. 留学生達はおたがいに教え合って勉強しています。

　b. せん湯の洗い場ではおたがいに背中を流し合います。

　c. 兄弟は助け合ったり、けんかしたりしながら大きくなる。

　d. 世界各国がもっとおたがいに理解し合いたいです。

III. 質問

1. あなたは、内風呂に入りますか、お風呂屋へ行きますか。
2. 毎日お風呂に入りますか。
3. 朝・昼・晩の中で、いつ頃入りますか。
4. お風呂とシャワーとどちらの方が好きですか。
5. 今、風呂代はいくらか知っていますか。
6. はじめてせん湯に行った時、どう思いましたか。
7. お風呂に入る時、いつもはかりにのりますか。
8. あなたは、友達の背中を流してあげることがありますか。
9. あなたはぬるいのが好きですか、あついのが好きですか。
10. あなたは、ゆっくり入りますか、「からすの行水」ですか。
11. あなたの入浴は、大体何十分位ですか。
12. せん湯の数がへっていくことをどう思いますか。
13. あなたの国にも公衆浴場がありますか。
14. 一言で言えば、せん湯はどんなところですか。

IV. 作文例

私のアパートには風呂がないので一晩おきにせん湯へ行きます。日本ではじめてせん湯に行った時は、とても困りました。私の国（韓国）では番台が外がわにありますが、日本ではだつい所のそばにあります。しかも女の人がすわっているのではずかしくてすぐにはぬげませんでした。ある留学生はパンツをはいたままシャワーを浴びたそうです。私もはずかしくてキョロキョロとまわりの人を見ていました。

けれども洗い場に入ってしまえば日本人も外国人もみな裸ですからほっとしました。自分で背中をこする人、おたがいに背中を流し合う人、タオルを頭にのせたまま湯につかっている人、忙しそうに体を洗いながらもおしゃべりしている人など様々です。

せん湯は単に内風呂のない人々のための「入浴の場」ではなくて、一言でいえば昔から町の人々の「くつろぎの場」であり「人と人とのふれ合いの場」ですので、だんだんその数がへっていくのは残念だと思います。

V. ここで習った語句や文型をたくさん使って、あなたも書いてみましょう。(400字)

21.　スポーツ

I．関連語句

すもう　柔道　国技　野球　試合　球場　水泳　ラグビー　サッカー　テニス　卓球　マラソン　スキー　スケート　ジョギング　ゴルフ　ボーリング　釣り　スキューバ・ダイビング　エアロビクス　(マリン／ウィンター)スポーツ　運動会　競技会　大会　オリンピック　健康　ダイエット　運動不足　～施設　アスレチックジム　(テニス／ゴルフ／スポーツ)クラブ　体育館　運動場　(チーム／個人)スポーツ　減量(する)　気分転換(する)　優勝(する)　練習(する)　参加(する)　観戦(する)　盛ん　泳ぐ　(体を)きたえる　走る　投げる　打つ　ける　すべる　勝つ　負ける　引き分ける

II．言い回し・文型

1．〈名〉より〈名〉のほうが〈イ・ナ形〉です

a．私の国では、野球よりサッカーの方が盛んです。

b．野球の試合は、テレビで見るより、球場で見る方がおもしろいです。

c．オリンピックでは、勝つことより、参加することの方がたいせつです。

2．～は～より～です

a．水泳はゴルフより体にいいです。

b．日本はアメリカより、ラグビーが盛んです。

c．韓国は、日本より柔道が強くなりました。

3．～にくらべると、～(の) 方が～です

a．日本では、ゴルフにくらべると、テニスの方がお金がかかりません。

b．ウィンタースポーツでは、スケートに比べると、スキーの方が人気があります。

c．ゴルフにくらべると、水泳の方が体がきたえられます。

4．～に勝ちます／負けます／慣れます／あきます

a．オリンピックの柔道で、日本は韓国に負けました。

b．ジャイアンツがライオンズに勝って優勝しました。

c．日本の生活に慣れて、すもうもおもしろいと思うようになりました。

d．テニスにあきたので、エアロビクスを始めようと思います。

III．質問

1．あなたの国には国技がありますか。
2．あなたはその国技が好きですか。
3．あなたの国では、どんなスポーツが盛んですか。
4．あなたもそのスポーツが好きですか。
5．あなたはどんなスポーツをしますか。
6．どうしてそのスポーツが好きなのですか。
7．そのスポーツをどこでおぼえましたか。
8．あなたはどんなスポーツを見ますか。
9．どうしてそのスポーツがおもしろいと思いますか。
10．あなたはスポーツ大会に出たことがありますか。
11．あなたは何のためにスポーツをしますか。
12．あなたは健康のために、どんなことに気をつけていますか。
13．あなたの国には、テニスクラブやアスレチックジムなどの施設がありますか。
14．今やってみたいスポーツは何ですか。

IV．作文例

すもうは日本の国技です。私は高校生の時、ドイツで初めてすもうを見ました。テレビで見たのですが、力士があまり大きいのでびっくりしました。その時から、私はすもうが好きになって、友達とすもうの練習を始めました。今、ドイツで、20人ぐらいの友達とすもうのクラブを作って、毎日練習をしています。

私の夢は、日本のアマチュアすもう大会で優勝することです。今まで2回挑戦しました。1回目は、1回戦で負けましたが、2回目は3回戦まで勝ちました。私は体が大きいので、一生懸命練習すれば、きっと強くなれると思います。

すもうは、何も道具を使わない、人間の力がぶつかる素晴らしいスポーツです。私はすもうが、ドイツでももっと盛んになってほしいと思います。

V．ここで習った語句や文型をたくさん使って、あなたも書いてみましょう。(400字)

22. 私の国の季節

I．関連語句

四季　地球(ちきゅう)　(熱／温／寒)帯　山脈　(表／裏)日本　気温　(上／中／下)旬(じゅん)　初め　末(すえ)　半(なか)ば　緯度　経度　花見　芽(め)　つぼみ　緑(みどり)　梅雨(つゆ)　紅葉　盆地　台風　洪水(こうずい)　あらし(暴風雨)　強風　豪雨(ごうう)　雷　雷雨　横　縦　(降)雨量　湿度　高温多湿　乾燥(かんそう)　氷　霜　露　大雪　雪国　天気予報　寒暖計　せっし～度(～℃)　零下　差　影響(する)　変化(する)　区別(する)　位置(する)　きびしい　むし暑い　温暖　さわやか　魅力的　(雪が)つもる　(霧／霜)がおりる　(霧／空)がはれる　(氷が)はる　例えば　いわゆる　四季を通じて

II．言い回し・文型

1．〈名〉を通じて

a．シンガポールは１年を通じて夏の季節である。

b．この地方は四季を通じて湿度が低くて心地よい。

c．このニュースは全国を通じて放送された。

2．〈名〉から〈名〉にかけて

a．この地方では６月下旬から７月中旬にかけて雨が多い。

b．春から夏にかけてたくさんの観光客がおとずれる。

c．昨夜10時半から11時にかけて弱震があった。

d．九州から四国にかけて台風注意報が出された。

3．〈名〉になると／〈形〉くなると／〈動〉と

a．春になると、雪や氷がとけて草木が芽を出す。

b．秋になると、いろいろなくだものが食べられる。

c．寒くなると、こたつがこいしくなる。

d．テストが近づくと図書館は学生で満員になる。

4．〈名〉をはじめ～

a．運動会ではマラソンをはじめ、いろいろな競技が行われる。

b．台風は洪水をはじめいろいろな災害をもたらす。

c．留学生はアジアをはじめ世界各国から来ている。

d．このホールはコンサートをはじめ各種のイベントに利用されている。

III．質問

1．あなたの国は地球のどこに位置していますか。
2．あなたの国には四季の区別がありますか。
3．各々の季節はどうですか。
4．一番好きな季節はいつですか。どうしてですか。
5．日本の春はどんな天気ですか。
6．夏には何をしますか。
7．日本では秋には木の葉の色はどのように変りますか。
8．季節の食物で好きなものを二、三あげてください。
9．寒い地方では冬はどんな服を着ますか。
10．日本のこたつをどう思いますか。
11．あなたはどんな暖房器具を使っていますか。
12．台風でどんな被害を受けますか。
13．年末や年始にはどのような特別行事がありますか。
14．梅や桜のお花見のような行事があなたの国にもありますか。
15．雪だるまを作ったことがありますか。目や鼻は何でつけますか。

IV．作文例

日本では1年は3か月ずつ四つの季節に分かれています。1年を通じて気候は温暖で暑さ寒さもあまりきびしくありません。山脈が本州を縦に走っているので太平洋側(表日本)と日本海側(裏日本)では気候の差が大きいです。表日本では、夏はむし暑く、冬は湿気が少なくて晴天が多いです。裏日本では冬は雪がたくさん降ります。いわゆる雪国(例えば新潟県)では雪が4～5メートルもつもることがあるそうです。

北海道を除く各地は6月上旬から7月中旬にかけて高温・多湿の梅雨のシーズンになります。8月から10月にかけては日本列島の南西部は台風の影響を受けることが少なくありません。京都のような盆地では降雨量は少ないですが、気温の上下差が大きく、夏は暑く冬は寒いです。日本の大部分の地方で最もよい季節は春と秋です。桜の美しい4月や緑の美しい5月は海外からの観光客も多く、また10月頃の紅葉も魅力的です。

V．ここで習った語句や文型をたくさん使って、あなたも書いてみましょう。(400字)

23. 日本に来て驚(おどろ)いたこと

I．関連語句

印象　住宅　道路　たたみ　和室　洋室　きもの　文化　伝統　(きれい／風呂)好き　玄関　トイレ　スリッパ　空間　床の間　山の手　下町　高層ビル　窓ふき　清掃車　家賃　人間関係　カラオケ　喫茶店(きっさてん)　口論　大声　礼儀　贈り物　家庭　感想　普段着(ふだんぎ)　よそゆき　しんせつ　つき合い　むだ　教育　大学生　浪人　会社員　ゴルフ　趣味　働きバチ　トラブル　財テク　退職(する)　区別(する)　残業(ざんぎょう)(する)　貯金(する)　礼儀正しい　うらやましい　きちょうめん　はきかえる　つき合う　困る　目を丸くする

II．言い回し・文型

1．はじめて～

a．日本にはじめて来た時はあまりに人が多いのにおどろいた。

b．住んでみてはじめて下町のよさがわかった。

c．はじめて雪を見た時は感動した。

2．はじめは～

a．はじめはつまらないと思った本がだんだんおもしろくなった。

b．はじめはだれでもまごつくものだ。

c．その小犬ははじめはおとなしかったが夜はほえて困った。

3．ほとんど～

a．この頃、若い人はほとんど毎日洗ぱつするそうだ。

b．テストは思ったよりやさしくてほとんど全部できた。

c．ほとんどの学生がバスハイクに参加した。

d．しゅくだいはもうほとんどおわった。

4．～ぐらい～／～ほど～

a．日本人はくつをぬいであがるぐらいきれい好きです。

b．田中さんは毎日残業するぐらい働きバチである。

c．あの人は日本人とまちがわれるほど日本語が上手だ。

d．遠くから通っている人々は電車の中でねむるほどつかれているようだ。

III．質問

1．日本にはじめて来た日のことをおぼえていますか。

2．まず第一の印象はどんなことでしたか。

3．日本に来る前に考えていた日本とどう違いましたか。

4．日本の道路、乗物、建物などをどう思いましたか。

5．日本に住んでみてはじめてわかったことはどんなことですか。

6．日本の住宅についてどう思いますか。

7．道を歩いている時にどんな事におどろきましたか。

8．日本人についてどう思いますか。

9．日本の学生や学校についてどう思いますか。

10．日本人のつき合い方について何か感想をのべてください。

11．日常生活の中で特に不思議に思う点がありますか。

12．日本の生活の近代的な面と伝統的な面をおのおのあげてください。

13．日本の東洋的な面と西洋的な面をおのおのあげてください。

14．お国へ帰る時には日本からどんなおみやげをもって帰るつもりですか。

IV．作文例

私には外国人の友人がおおぜいいます。みんな日本に来たばかりの時にはほとんど毎日のように意外な発見をしておどろいているようです。

たとえばクウェートの学生は日本人がちょんまげをしていないし、きものをきている人がほとんどいないのにおどろいたそうです。フランスの学生は、経済大国の日本でまだたたみの生活があり、人々が靴をぬいで部屋へあがるのにおどろいています。カナダからの留学生は、日本人がトイレとろうかのスリッパを区別するほどきちょうめんなことにびっくりしています。でもこれはきれい好きだからでしょうか。

一方、あるアメリカ人は家賃の高さと部屋の狭さに目をまるくしました。別のアメリカ人は日本人が毎日きわめて狭い空間の中で、大したトラブルもなく礼儀正しく生活しているのに感動したそうです。また、ごみ捨て場に何でもすててあることや日本人の貯金好きと財テクブームにと、驚きの連続だったようです。

V．ここで習った語句や文型をたくさん使って、あなたも書いてみましょう。(400字)

24. 病気

I．関連語句

医者　看護婦　病院　薬局　救急車　包帯　注射　薬　体温計　ベッド　手術　診断　治療　(内／外／歯)科　体調　顔色　脈　熱　寒気　汗　貧血　目まい　耳なり　アレルギー　骨折　(頭／腹／腰)痛　(胃／鼻／肺)　炎　(心／肝／腎)臓病　がん　結核　(神経／慢／急)性　のど　休養(する)　(食べ／飲み／働き)すぎ　だるい　(具合／気分)が悪い　～が痛い　血圧が(高い／低い)　病気が(うつる／治る)　(熱を)計る　(かぜを)ひく　(頭を)冷やす　(体を)あたためる　(おなかが)痛い

II．言い回し・文型

1．〈名〉は〈名〉が〈イ・ナ形〉です

a．私はきのうから頭が痛いです。

b．飲みすぎで気分が悪いです。

c．かぜをひいてのどが痛いです。

2．～て／～で〔原因・理由〕

a．かぜをひいて頭が痛いです。

b．寒気がして気分が良くないです。

c．働きすぎて、病気になりました。

3．〈動〉(た) ほうがいいです／〈動〉ないほうがいいです

a．具合が悪そうですね。はやく帰ったほうがいいですよ。

b．かぜのときは、ゆっくり休んだほうがいいです。

c．病気になったら、はやく医者に行ったほうがいいと思います。

4．〈動〉やすい／にくいです

a．私はかぜをひきやすいです。

b．私はかぜをひくと治りにくいので困ります。

c．これは原因がわかりにくい病気です。

III．質問

1．かぜをひいたり、熱を出したり、その外の大きな病気をしたことがありますか。
2．いつでしたか。
3．どんな病気でしたか。
4．どうして病気になったのかわかりますか。
5．あなたはどうしましたか。
6．医者に行きましたか。
7．医者は何と言いましたか。
8．医者はどんな治療をしましたか。
9．あなたはどう思いましたか。
10．すぐ治りましたか。
11．それからあと、あなたはどんなことに気をつけましたか。
12．病気のとき、何かをもらったり、誰かに何かをしてもらったことがありますか。
13．病気をしないように、どんなことに注意したらいいですか。

IV．作文例

日本に来て1か月ぐらいたったとき、病気になりました。そのときは、胃が痛くて何も食べたくありませんでした。どうして病気になったのかよくわかりません。はじめはがまんして学校に行っていましたが、だんだんひどくなりました。それで、近くの病院に行きました。

お医者さんは「かぜが原因で胃炎になったのです。あまり心配しないで、ゆっくり休んだほうがいいですよ」と言いました。そして注射をして薬をくれました。私は勉強が遅れるから学校を休みたくないと思いました。しかし、お医者さんの言う通りにしたほうがいいと思って、家でずっと寝ていました。

二、三日したらだいぶよくなりましたが、あまり無理をしないように気をつけました。四日目に友だちがお見舞いに来てくれました。病気をしないように、いつもきちんと食事をして、よく休養することが大切だと思いました。

V．ここで習った語句や文型をたくさん使って、あなたも書いてみましょう。（400字）

25.　なぜ日本語を勉強するか

I．関連語句

文化　科学　技術　経済　歴史　美術　教育　伝統　習慣　マスコミ　新聞　テレビ　雑誌　(国際)社会　東洋　西洋　将来　興味　目的　趣味　専門　大学(院)　漢字　文法　会話　教科書　参考書　外国語　観光　ガイド　勉強(する)　専攻(する)　進学(する)　就職(する)　翻訳(する)　通訳(する)　希望(する)　計画(する)　紹介(する)　研究(する)　成長(する)　発展(する)　(貿易／芸能)関係　いつか　むずかしい　(仕事に)つく　(日本語を)生かす　(大学に)進む

II．言い回し・文型

1．〈動〉たいです

a．国へ帰ったら、日本の文化を紹介する仕事をしたいと思っています。

b．私は少しでも役に立つ人間になりたいです。

c．来年の夏休みには、海外旅行をしたいと思います。

2．〈動〉(よ) うと思います

a．私が日本語を勉強しようと思ったのは、大学を卒業してからです。

b．映画でも見ようと思いましたが、雨が降りだしたのでやめました。

c．明日は早く起きようと思っても、いつも朝ねぼうしてしまいます。

3．〈動〉つもり〔意志〕

a．大学院に進み、日本の歴史を研究するつもりです。

b．もっと早く日本へ来るつもりでしたが、お金が足りなくて来られませんでした。

c．今日はこれから図書館へ行って、試験勉強をするつもりです。

4．〈動〉ことにします

a．日本語を勉強するために、日本へ行くことにしました。

b．途中でやめようと思ったこともありますが、勉強を続けることにしました。

c．ほかにやりたい仕事があるので、転職することにしました。

6．なぜ／どうして〜か

a．なぜ日本が高度成長したのか知りたくて、日本語を勉強しています。

b．なぜ日本人がこんなによく働くのか、私は不思議に思います。

c．どうして地球がまるいのか、誰もわかりませんでした。

III．質問

1．なぜ日本語を勉強したいと思ったのですか。

2．それはいつごろですか。

3．日本語を勉強して何年になりますか。

4．どこで勉強しましたか。国でしましたか、日本へ来てからですか。

5．どんな所で勉強しましたか。そして今、どんな所で勉強していますか。

6．日本語の勉強は大変ですか。途中でやめようと思ったことがありますか。

7．日本のどんな所に興味を持ちましたか。

8．それはいつごろですか。

9．あなたの国では、日本語を勉強している人は多いですか。

10．その人たちの目的は何ですか。

11．あなたの国では、日本語を勉強したら何かに役に立ちますか。

12．これからもずっと日本語の勉強を続けていくつもりですか。

13．将来、何か日本語が生かせる仕事をしたいと思いますか。

IV．作文例

私が初めて日本に興味を持ったのは、高校2年の時でした。教科書に出ている日本の工場の写真を見て、日本経済に関心を持ちました。また、日本には歌舞伎（かぶき）やすもうなど伝統的なものがあることをテレビで知りました。発達した経済と、古くからの伝統が、同時に存在している日本という国はどんな国なのか知りたくて、日本語を勉強することにしました。日本語の勉強は大変で、途中でやめて国へ帰ろうと思ったこともありましたが、日本の大学院で経済学の研究をするために、一生懸命勉強を続けています。

将来は国へ帰って、日本の会社で働くつもりです。そして機会があったら、また日本に来たいと思っています。

V．ここで習った語句や文型をたくさん使って、あなたも書いてみましょう。（400字）

26.　友だちと会って

I．関連語句

同級生（どうきゅうせい）　クラスメート　（幼（おさな）／むかし）なじみ　旧友（きゅうゆう）　（遊び／仕事）仲間（なかま）　親友（しんゆう）　仲良し　グループ　あいだがら　帰国　同窓会（どうそうかい）　学生時代　恩師（おんし）　昔　以前　過去　思い出（で）　記憶（きおく）　話題（わだい）　外見（がいけん）　近況（きんきょう）　お互（たが）い　残念（ざんねん）　けんか　久（ひさ）しぶり　～年ぶり　～年前　（卒業／就職／結婚）後　再会（さいかい）（する）　なつかしい　うれしい　楽しい　さびしい　別れる　会う　忘れる　思い出す　おぼえている　変わる　（～年）過（す）ぎる　経（た）つ　しばらく　長い間　～の頃（ころ）　～の時　昔ながらの　（昔／学生時代）に比（くら）べて　～た仲（いっしょに遊んだ仲）　年をとる　話がはずむ　見おぼえがある　昔話に花を咲かせる

II．言い回し・文型

1．全然（ぜんぜん）〈動〉ません

a．彼女の性格は学生時代と全然変わっていませんでした。

b．私たちは昔のことを全然忘れていませんでした。

c．お互い30歳になっていたなんて、全然気がつきませんでした。

2．（ひとつ、一人、一度…）も〈動〉ません

a．私と彼女は大学を卒業してから一度も会っていません。

b．昔の店は一軒もありませんでした。

c．同級生はひとりも結婚していません。

3．〈動〉たものです

a．学生時代は喫茶店で友だちとよく話したものです。

b．昔は学校の近くの公園をよく散歩したものです。

c．若い頃はよくダンスをしに行ったものです。

4．～まま～

a．彼女の性格は昔のままでした。

b．学校のまわりのようすは以前のままだったので、道に迷いませんでした。

c．彼は30年間アメリカに行ったままです。

III．質問

1．あなたは久しぶりに友だちと会ったことがありますか。

2．どんなときに、どんなところで、何という人と会いましたか。

3．その友だちとは、どういうときにいっしょだったのですか。

4．何年ぶりに会いましたか。

5．その友だちのことをよくおぼえていましたか。

6．その友だちは昔の頃と変わっていましたか。

7．その友だちと会って何をしましたか。

8．そのときにどんな話をしましたか。

9．昔のことを何か思い出しましたか。

10．その友だちは、今、何をしていて、どんなようすですか。

11．友だちの考え方で、何か昔とちがったことがありましたか。

12．友だちと会って楽しかったですか。

13．友だちと会って、どんなことを思いましたか。

IV．作文例

夏休みに国へ帰ったとき、旧友の朴さんと会いました。彼女は高校の同級生でした。私たちは卒業してから一度も会わなかったので、10年ぶりの再会です。

彼女は高校生の時より少し太って、まっすぐで長かった髪にも短くパーマをかけていましたが、かわいい笑顔は昔のままでした。喫茶店へ行って、外の友だちや先生のこと、最近のようすなどいろいろ話しました。学生時代、二人でよく喫茶店でお茶を飲みながら話し合ったものです。けんかをしたこともありました。昔のことをたくさん思い出して、とてもなつかしかったです。

二人とも年をとったので、考え方も少し変わっていましたが、何でも話せるというあいだがらは全然変わっていませんでした。久しぶりに朴さんと会って、とても楽しかったです。また会いたいと思います。

V．ここで習った語句や文型をたくさん使って、あなたも書いてみましょう。(400字)

27. 東京の生活

I. 関連語句

満員電車 地下鉄 環境 (中央／山手)線 デパート スーパー ネオン 看板 広告 マンション 高層ビル レストラン 商店街 緑 公園 自然 公害 そう音 機会 コンサート 音楽会 演劇 てんらん会 道路 スポーツ ファーストフード 生活費 ランチタイム 喫茶店 モーニングサービス 人ごみ 待ち合せ 忠犬ハチ公 祝日 夜中 美術館 ホール 切符 予約 催し物 満員 カラオケ 清掃車 窓ふき ～にくい／易い うるさい 清潔 便利 にぎやか ～すぎる (金／時間)がかかる いらいらする (病気に)かかる つき合う つまり 3分の1

II. 言い回し・文型

1．（もう）～近く

a．東京に住みはじめてもう3年近くになります。

b．もう1年半近くも日本語を勉強しています。

c．日本人の友達が、もう30人近くも出来てうれしいです。

d．もう3千字近くの漢字が読めますが、その3分の1も書けません。

2．～をはじめ

a．私は茶道をはじめ、いろいろなことを勉強したい。

b．学生時代にはスポーツはテニスをはじめほとんど何でもやった。

c．即席ラーメンをはじめ、色々なインスタント食品が売れている。

3．どこ／いう／何／誰～ても～

a．東京はどこへ行っても人がたくさんいる。

b．いつ電話しても彼はるすのようだ。

c．彼は何をしても人並み以上だ。

d．あの人は誰にでもしんせつだ。

4．～反面～

a．東京は人が多すぎる反面、とても清潔だ。

b．彼はおとなしい反面、自分の意見ははっきり言う。

c．あの人は大金持の反面、むだなお金はつかわないそうだ。

III．質問

1．東京に来てもうどのくらいになりますか。
2．東京の生活に慣れるまでにどの位かかりましたか。
3．東京の生活費はあなたの国の生活費の何倍位ですか。
4．東京の公害をどう思いますか。
5．東京の生活のいい点、困る点はどんなことですか。
6．東京に住んでいる人が車を持つことをどう思いますか。
7．東京の交通をどう思いますか。
8．東京に自然（緑）があるでしょうか。
9．生活費の中で一番お金がかかるのは何ですか（三つ)。
10．外食はどのくらいしますか。どんな所へ行きますか。
11．近所の人とつきあいますか。
12．日本人の友人はどうやって出来ましたか。
13．一言でいえば、東京はどんな都会ですか。

IV．作文例

私は東京に半年近く住んでいます。東京はどこへ行っても人も車も多くて、道路もバスも電車もひどくこんでいます。それでも東京は清潔な都市です。緑も自然も少なくて空気も汚れていますが、デパート、スーパー、商店街、レストラン、劇場などがたくさんあり、交通も大へん便利です。

東京は世界で一番物価が高くてくらしにくいといわれる反面、犯罪は少ないし、何でもあるのでとてもくらしやすいとも言えます。ファーストフードの店や喫茶店はどこにでもあります。モーニングサービスやランチタイムサービスの時は、とても安く食べられます。劇場、コンサートホール、映画館、美術館などもたくさんありますが、予約しておかないと切符はすぐ売り切れてしまいます。いろいろな催し物もたいてい満員です。家賃をはじめ生活費が高くて困りますが何でもあるし、地下鉄は3分おきに走っているので車がなくても困りません。東京の人はみんな忙しそうですが、しんせつで友人がたくさん出来てうれしいです。東京は全く不思議な都会だと思います。

V．ここで習った語句や文型をたくさん使って、あなたも書いてみましょう。(400字)

28. 映画

I. 関連語句

ミュージカル　喜劇　アニメ　SF　オカルト　ホラー　アクション　西部劇　物語　内容　あらすじ　作品　(話題／問題)作　リバイバル　上映(する)　予告　オールナイト　主題歌　場面　風景　字幕　吹き替え　撮影(する)　衣装　演技　監督　(俳／女)優　(主／脇／子／悪)役　主人公　出演(する)　アカデミー賞　映画館　チケット売場　料金　学生割引　前売り　立見　指定席　試写会　人気　評判　感動(する)　涙　おもしろい　つまらない　美しい　笑う　泣く　混む　印象に残る

II. 言い回し・文型

1. ～（の中）で～がいちばん～
   - a. 今までに見た映画の中でいちばん良かったのは『風と共に去りぬ』です。
   - b. ダンスパーティーの場面は、映画の中でいちばんきれいでした。
   - c. 映画で使われていた曲の中で『エーデルワイス』がいちばん好きです。
2. ～ようです／～ような〈名〉／～ように〈動〉〔様態〕
   - a. 主役の女の子はとてもかわいくてお人形のような顔をしていました。
   - b. 主人公は私の母のような人でした。
   - c. 俳優たちは本物のサルのように動きました。
3. 〈名〉が（好き／きらい／じょうず／へた）です
   - a. 私は映画が大好きで、よく見に行きます。
   - b. 私はミュージカルが好きで、今までに百本以上見ました。
   - c. 私はオカルト映画はきらいです。
4. ～そうです／～そうな〈名〉〔様態〕
   - a. おもしろそうな映画だったので見に行きました。
   - b. 予告を見たら、とても良さそうな映画でした。
   - c. その映画は評判がいいので、映画館はとてもこみそうです。
5. 〈動〉てほしい／てもらいたい／ていただきたいです
   - a. とてもいい映画なので、みんなに見てほしいと思います。
   - b. 昔の映画をもっと上映してもらいたいと思います。

c. あまりお金がないので、料金をもっと安くしてほしいと思います。

III. 質問

1. あなたは映画が好きですか。
2. どんな種類の映画が好きですか。
3. 今までに見た映画の中で一番良かった映画は何ですか。
4. 最近映画を見ましたか。
5. いつ、どこで見ましたか。
6. 誰と行きましたか。
7. なぜ行きましたか。
8. どこの国の映画でしたか。
9. どんな種類の映画でしたか。
10. 主人公はどんな人でしたか。
11. どんな人たちが出ていましたか。
12. 映画館はこんでいましたか。
13. みんなにその映画を見てほしいと思いますか。

IV. 作文例

私は映画が大好きでよく見に行きます。特にミュージカルが好きです。今までに見た映画の中で一番良かったのは『王様と私』です。最近は『ラッコ物語』を見ました。

夏休みに、新宿にある映画館へ行きました。あまりおもしろそうだと思わなかったのですが、友だちが見たがっていたので行きました。映画館はこんでいましたが、すわって見ることができました。映画は思っていたよりずっと良くて、感動しました。

ラッコたちがとてもかわいくて、海の風景もとてもきれいでした。ラッコの親子も人間の親子と同じような愛情を持っていると思いました。みんなにも見てほしいと思います。

V. ここで習った語句や文型をたくさん使って、あなたも書いてみましょう。(400字)

29. 私の国の教育

I．関連語句

小学校　中学校　高校　大学　大学院　専門学校　義務教育　科目　数学　国語　英語　理科　社会　国立大学　公立(中学／高校／大学)　私立(中学／高校／大学)　授業　講義　宿題　学期　成績　(中間／期末)テスト　(春／夏／冬)休み　入学試験　志望校　願書　受験生　塾　予備校　入学(する)　卒業(する)　進学(する)　退学(する)　進級(する)　留年(する)　浪人(する)　受験(する)　合格(する)　就職(する)　やさしい　きびしい　むずかしい　かんたん　まじめ　ふまじめ　(～を)うける　うかる　おちる　(～点を)とる

II．言い回し・文型

1．〈動〉ために／〈名〉のために〔目的〕

a．大学に入るために試験をうけます。

b．試験に合格するためにたくさん勉強します。

c．進級するためには期末テストでいい点をとらなければなりません。

2．～たら～

a．入学試験におちたら浪人しなければなりません。

b．次の試験で60点以下だったら進級できないかもしれません。

c．国立大学に入学したら学費は安くすみます。

3．～ば～

a．期末テストにうかれば進級できます。

b．勉強すればいい点がとれます。

c．高校を卒業していれば入学試験がうけられます。

III．質問

1．あなたの国の義務教育は中学校までですか。

2．あなたの国の義務教育はふつう何歳で終わりますか。

3．義務教育ではどんな科目を勉強しますか。

4．義務教育を卒業したあとで何をしますか。

5．進学しない人は何をしますか。

6．どれぐらいの人が進学しますか。

7．進学するためには何をしなければなりませんか。

8．学校の勉強はどうですか。

9．宿題やテストがたくさんありますか。

10．大学に進学する人はどれくらいいますか。

11．あなたの国に私立大学がたくさんありますか。

12．塾や予備校などはありますか。

13．どうすれば大学に入れますか。

14．大学を卒業した人は何をしますか。

Ⅳ．作文例

韓国の義務教育は中学３年生までで、16歳までです。韓国では小学校から中学校に入学する時は試験がありません。中学校から高校に入る時から試験があります。高校から大学に入る試験はとてもむずかしいです。進学校の高校３年生たちは、朝７時から夜10時まで学校で勉強します。試験科目が多いので入学試験に合格するためにはたくさん勉強しなければなりません。一番たいせつな科目は国語と英語と数学です。１クラスの90パーセントの生徒が大学へ進学します。進学しない人は家にいる人もいますし、就職する人もいます。

「３時間しかねなかったら入学試験に合格するが、４時間ねたらおちる」という話があるほど、大学の入学試験はむずかしいです。日本の予備校と同じような学校があるので、入学試験におちたらその学校で勉強します。

韓国の教育はとてもきびしくて、日本とあまりかわらないと思います。

Ⅴ．ここで習った語句や文型をたくさん使って、あなたも書いてみましょう。（400字）

30.　お祭り

I．関連語句

みこし　山車(だし)　笛(ふえ)　たいこ　おはやし　おかめ　ひょっとこ　お面(めん)　はっぴ　はちまき　そろい　ゆかた　神社　出店(でみせ)(露店(ろてん))　夜店　花火　金魚すくい　おもちゃ　わたあめ　やきそば　おでん　風船(ふうせん)　神　交流　老若男女　(夏／秋)祭り　三大祭り　祇園(ぎおん)祭り　宗教　時代祭り　夜祭り　火祭り　宵宮(よいみや)(前夜祭)　ひな祭り(桃(もも)のせっく)　子供の日　七夕(たなばた)　イースター(復活祭)　バレンタイン　独立記念日　クリスマス　民族(衣裳(いしょう)／舞踊(ぶよう))　カーニバル　パレード(行列)　仮装(かそう)　かけ声　参加(する)　なつかしい　めずらしい　にぎやか　いろいろ　さわぐ　(みこしを)かつぐ　(だしを)ひく　楽しむ　(花火を)あげる　ねり歩く　ぞろぞろと　ワッショイ　楽しみにする

II．言い回し・文型

1．何もかも(すべて)～／誰もかれも(みんな)～

a．日本の祭りは何もかもスペインと同じだそうだ。

b．お祭りの花火、みこし、おはやしなど、何もかも、楽しい。

c．お祭りには村中の誰もかれもが参加します。

2．〈名〉を通して

a．祭りを通して神と人との交流の場が生まれる。

b．祭りを通して人々の心が一つになる。

c．体験を通していろいろなことを学ぶ。

3．〈動・形〉ば～　〈動・形〉たら～　〈動・形・名〉なら～

a．時間があれば、全国のいろいろな祭りが見たい。

b．天気がよかったら、祭りに参加するつもりだ。

c．君が行くならぼくも夜店へ出かけるよ。

4．〈名〉を楽しみにします

a．町中の人が祭りを楽しみにしている。

b．彼の両親は彼の大学卒業を楽しみにしている。

c．春子はウェディングドレスを着るのを楽しみにしている。

d．世界中の子供達がクリスマスプレゼントを楽しみにしている。

III. 質問

1. 日本で祭りを見たことがありますか。
2. 今までにどんな祭りを経験しましたか。
3. あなたは祭りが好きですか。
4. おみこしをかついでみたいと思いますか。
5. たいこの音やおはやしがきこえるとどう思いますか。
6. あなたの国にはどんなお祭りがありますか。
7. 一年に何回くらいありますか。
8. 日本の祭りとどこが違いますか。
9. 祭りの日に特別なものを着ますか。
10. 祭りの日に特別な食物を食べますか。
11. あなたはどんな年中行事を楽しみにしていますか。
12. 日本の祭りの特徴を一言で言ってください。
13. あなたの国と日本で共通している行事がありますか。
14. あなたの国のクリスマスはどんなふうに祝われますか。

IV. 作文例

日本には全国各地にいろいろな祭りがあります。夏祭りや秋祭りが多いです。夜祭りとか火祭りとか裸祭りなどのめずらしい祭りもあります。日本三大祭りというのは東京の神田祭り（5月12日～16日）、京都の祇園祭り（7月17日中心）、大阪の天満天神祭（7月24日～25日）です。その他、京都の三大祭りや東北のねぶた祭りや七夕祭りも有名で、毎年たくさんの観光客が集まります。

京都の祭りと東京の祭りをくらべるとかなり違います。京都の祭りには伝統的な衣装や立派な山車の行列がみられますが、あまりおもしろくないという人もいます。一方、東京の祭りはきわめて庶民的で美しい衣装の行列はないけれど、そろいのはっぴやゆかたを着て、老若男女が心を一つにしてにぎやかに楽しみます。この頃は男ばかりでなく女の人もみこしをかつぐようです。子供達もきものやはっぴを着ておこづかいをもらって神社の出店でおもちゃを買ったり、金魚すくいをしたりして楽しみます。

V. ここで習った語句や文型をたくさん使って、あなたも書いてみましょう。（400字）

31.　私の夏休み

I．関連語句

計画　旅行案内　ガイドブック　海　山　海外旅行　国内旅行　登山　海水浴　プール　水泳　新幹線(しんかんせん)　飛行機　船　遊覧船(ゆうらんせん)　フェリーボート　ヒッチハイク　湖　池　つり　駅　空港　港　観光地　避暑(ひしょ)　予約　切符　指定券　旅行カバン　花火　見物　ゆかた　うちわ　氷　すいか　思い出　印象　写真　記念　博物館　郊外　公園　名物　有名　おみやげ　一人旅　団体旅行(グループツアー)　家族連れ　子供連れ　たのしい　うれしい　離れる　売り切れる　とび乗る　とびこむ

II．言い回し・文型

1．〈名〉片手に

a．荷物片手に乗りこみます。

b．おみやげ片手に急ぎます。

c．さいふ片手にかけ出します。

2．おどろくほど～

a．おどろくほど声が大きいです。

b．おどろくほど小さい犬です。

c．彼女はおどろくほど美人です。

3．またひとつ～ます

a．わたしの仕事がまたひとつふえます。

b．花がまたひとつさきます。

c．荷物がまたひとつとどきました。

4．〈動〉てくれます

a．むかえにきてくれます。

b．道をおしえてくれます。

c．荷物を持ってくれます。

5．～のようです〔推量〕

a．ハワイ行きの飛行機の切符はほとんどが売り切れているようです。

b．今年の夏は去年より少しすずしいようです。

c．最近は外国へ遊びに行く若い人たちがふえているようです。

III．質問

1．夏休みはいつからですか。

2．いつもどこかへでかけますか。

3．今年はどこへ行きましたか。

4．何で行きましたか。

5．だれと行きましたか。

6．だれかに会いましたか。

7．町の様子はどうでしたか。

8．どんなところを見物しましたか。

9．何を食べましたか。

10．一番印象に残ったことはどんなことですか。

11．何か失敗したことがありましたか。

12．何か困ったことがありましたか。

13．人々はどんな様子でしたか。

14．言葉はどうでしたか。

15．また行ってみたいですか。

IV．作文例

7月20日、夏休みがはじまった次の日、小さなカバン片手に飛行機にとび乗りました。今年は韓国へ気楽な一人旅。2時間ぐらいでソウルにつきました。空港では大ぜいの人々にまじって李さんが大きく手をふってむかえてくれました。半年ぶりに会う李さんはとても元気そうでした。町の様子はおどろくほど日本と似ていました。

博物館や郊外にある民俗村はその国の歴史や風俗習慣（ふうぞくしゅうかん）がわかって印象に残りました。一人でバスに乗ったときに言葉がわからなくて困りましたが、人々がみなとても親切にしてくれました。話す言葉の調子はやわらかく、やさしく聞こえました。ソウルをはなれる前の夜は雨でした。わたしのすきな国がまたひとつふえました。

V．ここで習った語句や文型をたくさん使って、あなたも書いてみましょう。(400字)

32.　師走(しわす)（いそがしい月）

I．関連語句

忘年会　パーティー　カラオケ　かくし芸　お酒　よっぱらい　終電車　クリスマス　お歳暮(せいぼ)　デパート　商店街　安売り　歳末（年末）大売出し　宝くじ　ちゅうせん券　大当たり　年賀(ねんが)はがき　郵便局　冬休み　（官公庁の）ご用納(おさ)め　予約　指定券　切符売場　行列(ぎょうれつ)　ホテル　旅館　飛行機　バス　新幹線　夜行列車　美容院　満員　駅　ヘヤーサロン　大そうじ　飾りつけ　お正月　門松(かどまつ)　しめなわ　年越(としこ)しそば　そば屋　除夜(じょや)の鐘(かね)　十大ニュース　しめくくり　そうぞうしい　にぎやか　あわただしい　急ぐ　こみ合う　にぎわう　追われる

II．言い回し・文型

1．～と呼ばれています

a．12月は師走と呼ばれています。

b．年末のパーティーは忘年会と呼ばれています。

c．わたしの犬は太郎と呼ばれています。

2．何～分も

a．何か月分ものお金を使ってしまいました。

b．何日分もねてしまいました。

c．今年の夏休みは何年分も遊んでしまいました。

3．〈動〉してしまいます

a．約束をすっかり忘れてしまいました。

b．お金をほとんど使ってしまいました。

c．おかしを全部食べてしまいました。

4．〈動〉（ら）れます〔受身〕

a．予習復習に追われます。

b．日曜日はそうじせんたくに追われます。

c．毎日子供の世話に追われます。

5．いよいよ～ですね

a．いよいよ今年も終わりですね。

b．いよいよ来年は大学生ですね。

c．いよいよこの学校ともお別れですね。

III．質問

1．あなたの国では一番いそがしい月は何月（がつ）ですか。
2．何か別の呼びかたがありますか。それはどういう意味ですか。
3．どうしてみんながいそがしいのですか。
4．町のようすはどうですか
5．クリスマスを祝いますか。
6．プレゼントはどこで買いますか。
7．どんなプレゼントをもらいますか。
8．だれにプレゼントをあげますか。
9．１年の終わりを祝うパーティーがありますか。
10．あなたは何回ぐらいパーティーに行きますか。
11．パーティーではどんなことをしますか。何を食べますか。
12．１年の終わりに特別なことをしますか。
13．何か特別なものを食べますか。

IV．作文例

12月は１年で一番いそがしい月です。いつもは落ちついている先生も走るという意味で師走と呼ばれています。みんな１年のしめくくりをしたり、新年を迎える準備に追われます。商店街やデパートは歳末大売り出しやクリスマスセールでにぎわいます。郵便局は年賀はがきを買う人で、駅や旅行社は予約や指定券を買う人で満員です。

レストランやホテルではクリスマスパーティーや１年を無事過ごしたことを祝う忘年会でにぎやかです。何回もあちらこちらの忘年会に出席して何年分も忘年してしまう人もいます。忘年会ではカラオケでうたったり、おどったり、かくし芸をしたりします。官公庁のご用おさめのあとは「いよいよおしつまりましたね」とか「よいお年をどうぞ（お迎えください）」というあいさつが聞かれます。各家庭では大そうじやお正月料理の準備に追われます。

そして年越しそばを食べていそがしいひと月が終わります。

V．ここで習った語句や文型をたくさん使って、あなたも書いてみましょう。（400字）

33. お正月

I．関連語句

大みそか　大そうじ　除夜の鐘　年越そば　年賀状　年末　年始　新年　新春　元旦
元日　三が日　門松　おかざり　鏡もち　きもの　ぞうり　正月料理　おもち　お雑煮
おとそ　初ゆめ　書きぞめ　初もうで　神社　お寺　親せき　お年玉　たこあげ
かるた　はねつき　もちつき　あいさつ回り　仕事始め　あいさつ　里帰り　新年会
遊ぶ　むかえる　祝う　楽しむ　そなえる　すごす　たこをあげる　こまをまわす
(お宮へ／お寺へ)おまいりする　初もうでに行く　あけましておめでとうございます
初日の出を見る

II．言い回し・文型

1．〈動〉て〈動〉て〈動〉ます／〈動〉てから〈動〉ます

a．おもちをやいてしょうゆをつけて食べます。

b．大そうじをしてからおふろに入ります。

c．お年玉をもらってから遊びに行きます。

2．〈動〉ながら〈動〉ます

a．正月料理を作りながらテレビを見ます。

b．お酒を飲みながらいろいろな話をします。

c. 年賀状を書きながら友だちのかおを思い出しました。

3．〈動〉ておきます

a．12月20日までに年賀状を出しておきます。

b．正月料理をたくさんつくっておきます。

c．おとなは子どものためにお年玉を用意しておきます。

4．〈動〉（ない）ように〈動〉ます〔目的〕

a．一年間しあわせにくらせるように神社やお寺へ初もうでに行きます。

b．お正月はけんかをしないように気をつけます。

c．元気になるようにたくさん食べます。

III．質問

1．あなたは日本でお正月をすごしたことがありますか。

2．誰といっしょにすごしましたか。

3．日本（あなたの国）で、お正月の前にどんなじゅんびをしておきますか。

4．それはどうしてですか。

5．年賀状を書きますか。だれに書きますか。

6．大みそかには何をしますか。

7．大みそかの夜は何時ごろにねますか。元旦は何時ごろ起きますか。

8．元旦はいちばんはじめに何をしますか。

9．元旦には何を飲んで何を食べますか。

10．お正月にだれかと会いますか。だれと会いますか。

11．お年玉をもらいますか。あげますか。

12．どこかへ行きますか。どこへ行きますか。

13．どんな遊びをしますか。

14．日本（あなたの国）のお正月についてどう思いますか。

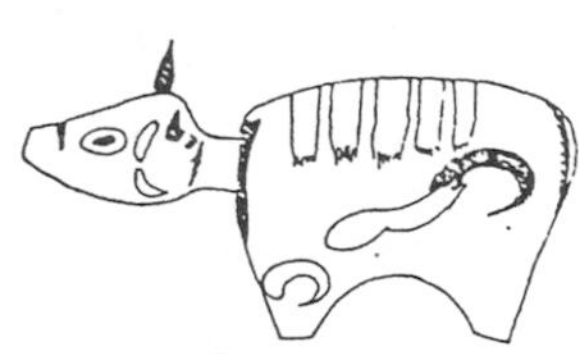

IV．作文例

私の国のお正月はほんとうにたのしいです。まずお正月になる前に家の大そうじをします。新しい気もちで新年をむかえられるようにです。そして12月29日ごろから親せきが長男の家に集まります。女の人たちはお正月に食べる料理を作りながらいろいろな話をします。男の人たちはお酒を飲みながらカードをします。12月31日の夜はだれもねてはいけません。韓国のことわざで「12月31日にねると、かみのけとまゆげが白くなる」と言われているからです。12月31日の夜、12時になると33回かねをならします。その音を聞きながら「１年間幸せにくらせるようにしてください」とおねがいします。

１月１日の朝は家族が全部集まって先祖に感しゃします。それからいろいろな正月料理を食べます。子どもたちは年上の人にあいさつをしてお年玉をもらいます。そしてたこあげやこままわしをして遊びます。おとなたちはお酒を飲みながらいろいろな話をします。１月中みんな新しい気もちですごします。

V．ここで習った語句な文型をたくさん使って、あなたも書いてみましょう。(400字)

34.　結婚式

I．関連語句

花むこ　花嫁　仲人　司会者　恩師　友人　同僚　親せき　独身(～時代)　夫婦　夫妻　いいなずけ　婚約(者／指輪)　新婚(～旅行)　新居　(見合い／恋愛／社内／学生／神前)結婚　ひろう宴　宴会(場)　祝(辞／電)　結婚祝い　スピーチ　乾杯　花たば　引き出物　二次会　仏教　キリスト教　礼服　タキシード　着物　貸衣装　ウエディング(ドレス／ベール)　お色なおし　冠婚葬祭　作法(マナー)　なれそめ　きっかけ　おさななじみ　末永く　祝う　生活設計　おめでたい　幸せ　はなやか　あでやか　知り合う　めぐりあう　式をあげる　結納をかわす　結ばれる　ゴールインする　所帯を持つ、家庭をきずく　晴れの～

II．言い回し・文型

1．〈名〉を代表して／代表する〈名〉

a．花むこの友人を代表して、ひとことお祝辞を申し上げます。

b．私がみんなを代表して、あの人に結婚祝いを贈っておきました。

c．日本を代表する結婚式場で、式をあげました。

2．〈動〉べきです

a．結婚祝いは式の前にわたすべきだと思います。

b．結婚は人生でいちばん大切なことですから、よく考えて決めるべきです。

c．父は「嫁に行く前に何かやっておくべきことはないか」と聞きました。

3.〈動〉たばかりです

a．山田夫妻は先月結婚したばかりの新婚さんです。

b．あの二人はまだ知り合ったばかりなのに、もう結婚式場をさがしている。

c．式は今始まったばかりですから、あと2時間ぐらいかかるでしょう。

III．質問

1．あなたは結婚していますか。

2．友人や親せきの結婚式に出たことがありますか。

3．自分の（友人や親せきの）結婚式に出たとき、どんな気持ちでしたか。

4．日本で結婚式に出たことがありますか。
5．日本の結婚式でおもしろいと思うことやめずらしいと思うことが、何かありますか。
6．日本の結婚式で、変だと思うことや良くないと思うことがありますか。
7．結婚式でスピーチをしたことがありますか。
8．その時どんな話をしましたか。
9．あなたの国の結婚祝は、どんな結婚式ですか。
10．あなたの国では、どんな人を結婚式に招待しますか。
11．あなたの国では結婚のとき、何かとくべつのことをしますか。
12．あなたの国ではふつう、結婚祝いにどんな物をあげますか。
13．あなたは友人の結婚祝いに、何をあげましたか。
14．あなたは自分の結婚祝いに、何をもらいたいですか。
15．結婚するときは、どんな結婚式にしたいと思いますか。

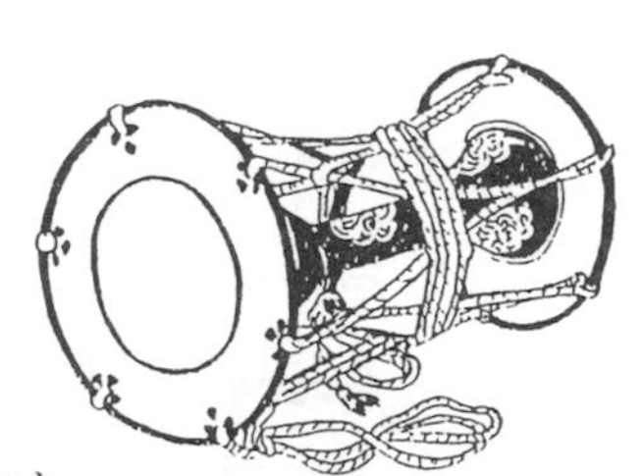

Ⅳ．作文例

私は日本にもう２年住んでいます。だから日本人の友だちも大ぜいできて、その中の何人かの結婚式にも招待されたことがあります。

初めて日本の結婚式に出たとき、一番こまったのは結婚祝いでした。日本では知人が結婚するとき、お金をおくる習慣があることは知っていましたが、いったいいくら出せばよいのかよくわからなかったのです。

友だちに聞いてびっくりしました。最低でも一人５千円か１万円出すそうではありませんか。私の国ではそんな大金はいりません。男の友だちだったらふつう、結婚祝いは必要ありませんし、女の友だちだったら、結婚してから使えるような日用品をおくるだけです。私はそのとき「日本はなんてお金のかかる国だろう」と思いました。

でも何度か招待されて、日本の結婚式になれてくると、私の考えは変わりました。なぜなら、十日分の食事ほどのごちそうを食べられて、その上おみやげまでもらえるのだから、１万円出しても決して高くないと思うようになったのです。

Ⅴ．ここで習った語句や文型をたくさん使って、あなたも書いてみましょう。(400字)

35.　日本での旅行

I．関連語句

電車　汽車　飛行機　特急　急行　指定席　前売　旅館　民宿　モノレール　目的地
北海道　札幌　東北　日光　箱根　京都　奈良　関西　四国　九州　沖縄　観光地
空港　新幹線　週末　有給休暇　夏休み　年末年始　ストレス解消　レジャー　二泊
三日　高速道路　有料　料金　団体　駅弁　旅行代理店　経験　祭日　平日　絵葉書
温泉　計画(する)　予約(する)　ドライブ(する)　出発(する)　到着(する)　充電(する)
感動(する)　のんびり(する)　混雑(する)　くつろぐ　つかれる　印象に残る

II．言い回し・文型

1．(出発点)を出ます／(到達点)に着きます

a．岡田さんは大学院を出てから、○○研究所に勤めた。

b．正午に家を出れば、目的地に15時までに着く。

c．午前10時に成田空港を出ると、翌朝4時にボストンに着く。

d．NHK ホールを出てすぐにタクシーをひろい10時頃家に着いた。

2．〈名〉に次いで／〈名〉の次に

a．K 2はエベレストに次いで世界で2番目に高い山である。

b．ニクソン大統領に次いでフォード氏が大統領になった。

c．山本さんは井上さんに次いでクラスで2番目の成績をとった。

3．〈名〉にめぐまれています

a．日本は水にめぐまれている。

b．自然にめぐまれているアルプスはいつも若者でにぎわっている。

c．アメリカは広大な土地にめぐまれている。

d．彼は音楽の才能にめぐまれている。

4．～そうです〔伝聞〕

a．最近、温泉は若い人にも人気があるそうだ。

b．10月末のドイツはかなり寒いそうだ。

c．来春大学院に進学する学生が10人位いるそうだ。

d．あの学生は料理が得意だそうだ。

III. 質問

1. 日本に来てからどこかへ旅行しましたか。
2. いつ、どこへ行きましたか。
3. 誰と何で行きましたか。
4. 何泊しましたか。
5. きっぷやホテルは予約しておきましたか。
6. なぜその目的地をえらんだのですか。
7. その目的地の魅力(みりょく)は？
8. その土地の特産は？
9. どんなごちそうを食べましたか。
10. 何かおみやげを買いましたか。
11. 行く途中や目的地はこんでいましたか。
12. 何が一番強く印象にのこりましたか。
13. 温泉に入ったことがありますか。
14. 一般的にホテルと旅館とどちらが好きですか。それはなぜですか。

IV. 作文例

今年の2月にクラスメートと二人で北海道へ旅行しました。日本ではじめての旅でした。三泊四日の予定で雪まつりを見に行きました。羽田から千歳空港まで飛行機で行きました。空港から札幌市内まで電車に乗りました。ホテルは市内の便利なところにあり、新しく建てられたばかりでしたが、宿泊料はあまり高くなかったです。

夜になって楽しみにしていた雪まつりを見物しました。人物や動物や建物などの形の氷の彫刻がたくさん並んでいました。どれもこれもすばらしい作品で目がさめるようでした。特にその大きさと美しさにおどろきました。会場はたくさんの見物客でにぎわっていました。外国人の観光客もちらほらと見えました。帰りにグルメ街でほかほかのなべ料理と日本酒を心ゆくまで味わって身も心も暖まりました。翌日は有名な時計台やらサッポロビール園やらを見物し、次の日は開拓村を見たり温泉に入ったりして短いけれど印象に残る旅行でした。

V. ここで習った語句や文型をたくさん使って、あなたも書いてみましょう。(400字)

36.　各国の交通機関

I．関連語句

交通機関　列車　地下鉄　バス　新幹線　電車(特急／急行／普通)　自転車　人力車　飛行機　フェリー　タクシー　車／自動車　(高速／有料／舗装)道路　設備　施設　休けい所　トンネル　車社会　通勤　通学　大量輸送　事故　公害　排気ガス　旅行　ラッシュアワー　交通渋滞　料金　運賃　制限速度　観光バス　騒音　歩行者　歩道　公共　私鉄　帰省(する)　発達(する)　開発(する)　建設(する)　整備(する)　混雑(する)　利用(する)　普及(する)　社会問題化する　ドライブに行く　運転免許をとる　(交通の便／サービス)が(いい／悪い)　混んでいる　すいている

II．言い回し・文型

1．〈動〉てきました

a．地方でも交通機関が発達して、交通の便がよくなってきました。

b．最近、運転免許をとる女性がふえてきました。

c．日本でも車がふえて、車社会の問題が大きくクローズアップされてきました。

2．～によってちがいます／かわります

a．交通機関の種類は、国によってちがいます。

b．公害問題に対する考え方は、立場によってちがいます。

c．日本の景色は季節によって、様々な変化を見せます。

d．制限速度は道路の広さや交通量などによって変わります。

3．〈動〉ています〔状態〕

b．東京は、電車や地下鉄などの公共交通機関が発達しています。

b．東京の道路は、いつも混んでいます。

c．高速道路沿いには、トイレや電話、休けい所などが整備されています。

d．都市の道路は、ほとんど舗装されています。

4．〈動〉(ら) れます〔受身〕

a．排気ガスの少ない無公害自動車が開発されました。

b．家から駅までの道路は、よく整備されています。

c．大量輸送時代になると、たくさん運ぶことのできる列車が見直されてきます。

III．質問

1．あなたの国には、どんな交通機関がありますか。
2．一番よく使われているのは、どんな交通機関ですか。
3．車は多いですか。
4．道路は整備されていますか。
5．高速道路には、休けい所や電話などの施設が整備されていますか。
6．駅の中の設備はどうですか。
7．自動車の排気ガスや騒音などの公害は、社会問題になっていますか。
8．会社で働いている人や学生は、どんな交通機関で通勤通学していますか。
9．旅行に行く人は、おもにどんな交通機関を利用しますか。
10．日本のような帰省ラッシュがありますか。
11．日本ではラッシュアワーの時など交通渋滞が激しいですが、あなたの国ではどうですか。
12．公共交通機関の料金はどうですか。何が高くて、何が安いですか。
13．あなたは最近、旅行をしましたか。
14．その時使った交通機関はどうでしたか。（高い／安い／サービスがよい……）

IV．作文例

アメリカでは自動車がおもな交通手段である。ニューヨークやサンフランシスコなどの大都市を除いては、公共交通機関があまり発達していない。長距離を走るバスと汽車があるぐらいである。たいていの家には車が最低１台、時には２台、３台あり、通学通勤、買い物などすべてに使われる。車は生活に絶対に必要なものである。

これぐらい車が普及しているわけだから、当然、道路もよく整備されている。アメリカの高速道路は「フリーウェイ」と呼ばれ、どこまで行ってもただである。道路沿いにはガソリンスタンドやレストランなどがたくさんあるので、長距離のドライブも安心してできる。

しかしよいことばかりではない。交通事故は大きな問題だし、排気ガスなどの公害もある。公共交通機関の必要性が見直されるべきだろう。

V．ここで習った語句や文型をたくさん使って、あなたも書いてみましょう。（400字）

37. 買物

I. 関連語句

デパート　(きっさ)店　スーパー(マーケット)　(本)屋　(おもちゃ)売場　(家庭／台所／スポーツ)用品　ウインドーショッピング　電気製品　家具　雑貨　衣料品　食品　食器　品物　(お)みやげ　プレゼント　お礼　お祝い　予算　定価　金額　おつり　おまけ　値段　(ばら／セット)売り　(1～10)枚／グラム／メートル／さつ／本／杯　おおきい／こまかい(お金)　よわい　じょうぶ　～あたり　～ぐらい　～(で)いくら　使い(やすい／にくい)　あげる　もらえる　くれる　売っている　ならべてある　目うつりする　(色が／へやに) 合う　似合う　まよう　すすめる　気に入る　みつける　さがす　見てまわる　たのむ　(高／安／はで／じみ)すぎる

II. 言い回し・文型

1. ～(の) うちに

　a. 今のうちに買物をしてしまいましょう。

　b. 天気がわるくならないうちに早く帰りましょう。

　c. わすれないうちにケーキを買っておいたほうがいい。

2. 残念ながら

　a. 急いで行ったが、残念ながらもう店はしまっていた。

　b. くだものが買いたかったが、残念ながら売り切れていた。

　c. 好きな色のシャツを見つけたが、残念ながらサイズがあわなかった。

3. まず～、それから～

　a. まず食事をして、それから買物にでかけた。

　b. まずくつを買い、それからくつしたを買った。

　c. まずテレビを買って、それから残りのお金でテープを買った。

4. 〈動〉(た) ほうがいいです

　a. 食器はやすくてじょうぶなものを買ったほうがいい。

　b. スカートを買う前に、はいてみたほうがいい。

　c. 買う前に、まず値段を見ておいたほうがいい。

5. 〈動〉てくれます／くださいます

a．店員さんがネクタイ売場まで案内してくれた。

b．兄はわたしに万年筆を買ってくれた。

c．先生が安くていい店を教えてくださった。

6．〈動〉てもらいます／いただきます

a．ウインドーの中の品物を見せてもらった。

b．友だちに荷物を持ってもらった。

c．店員にスポーツ用品の売場を教えてもらった。

7．～かどうか～

a．そのシャツはわたしに似合うかどうか分かりません。

b．そのはさみは使いやすいかどうか分からなかったが、安かったので買った。

c．おいしいかどうか分からないが、イチゴジャムを買ってみた。

III. 質問

1．なぜ買物に行きましたか。

2．いつ買物に行きましたか。

3．誰かといっしょに行きましたか。

4．どこへ買物に行きましたか。

5．何を買うつもりでしたか。

6．予算はきめていましたか。

7．買いたい物はすぐみつかりましたか。

8．なかなか見つからない時、あなたは誰かに相談しましたか。

9．買うかどうかまよいましたか。

10. 結局何を買いましたか。

11. 店員さんのたいどはどうでしたか。

12. あなたはよい買物をしたと思いますか。

Ⅳ．作文例

今度の日曜日、山田先生の家でパーティーがあります。それで今のうちにおみやげを買っておいたほうがいいと思い、昨日アリさんと銀座のデパートへ行きました。まず雑貨売場を、それから文房具売場を見てまわりました。
ほしい物がたくさんあって目うつりして困りました。予算は一人あたり500円ぐらいです。きれいな小箱やアルバムなどを見つけましたが、残念ながらどれも高すぎました。アリさんが食器売場を見に行こうと言いました。ちょっと高かったのでまよいましたが、結局青いコーヒーカップを買いました。店員さんが箱に入れてリボンをかけてくれました。たぶん、先生も気に入るだろうと思うと、うれしくなりました。

Ｖ．ここで習った語句や文型をたくさん使って、あなたも書いてみましょう。(400字)

〈参考〉基本的副詞・接続詞類一覧

下のことばは初級テキストで習ったものばかりです。思い出して使ってみましょう。

あいかわず　あまり～ない　いつも　いっしょうけんめい(に)　いわゆる　うっかり　おわりに　かなり　～かどうか～　～かもしれない　きゅうに　けれど　さいきん／ちかごろ　さいしょ(に)／はじめに　さいわい　さきに　～じゅう／～ちゅう　ずいぶん　～ずに／～しないで　すぐ　すると　ぜひ　ぜんぜん～ない　まったく～ない　ぜんぶ　そして　それから　それじゃ／それでは　それで　そろそろ　だんだん　ちょくせつ(に)　ちょっと　つい　つぎに　つまり　では　でも　どうして　ところが　とても　～とも　どんどん　なかなか　によると　～ので　～のに　のんびり／ゆっくり　～ばかり　はじめ　はじめて　はじめは　はじめに　～分(ぶん)の～　ほとんど　ほんとうに　まず　ますます　また　または　まっすぐ　みんな　めったに～ない　もう　もっと　やっと　ゆっくり　よく　わざわざ

38.　将来の計画

I．関連語句

将来　職業　専門　専攻　経済　貿易　通訳　ガイド　コンピュータ　デザイン　秘書　科学　技術　観光　企業　海外進出　習慣　資格　目標　発展　友好　帰国　自営業　経営者　学者　医者　科学者　宇宙　冒険　(実業／政治／芸術／建築)家　貯蓄(する)　予定(する)　実現(する)　研究(する)　結婚(する)　交際(する)　(科学／技術)的　(コンピュータ／国際)化　(考え／やり)方　重要な　必要な　生かす　(仕事)につく　(～を)つぐ　(資格)をとる　(発展)につくす　(興味／夢／目標)を(もつ／がある)　(～を)役に立てる　(～が)役に立つ

II．言い回し・文型

1．〈名〉通り

a．会議は予定通り終わりました。

b．友達は去年、目標どおり大学へ入学しました。

c．先月、ヨーロッパ旅行をしましたが、計画通りいろいろ見て回りました。

2．〈名〉関係の〈名〉

a．日本へデザイン関係の勉強に来ました。

b．国へ帰ったら、ホテル関係の仕事につくつもりです。

c．貿易関係の仕事をするためには、英語も話さなければなりません。

3．〈名(の)・動〉決心をしました

a．日本でコンピュータの勉強をする決心をしました。

b．観光ガイドになる決心をしました。

c．父が病気なので、帰国の決心をしました。

d．２年前、日本へ来る決心をして、国で日本語の勉強をはじめました。

4．まず～次に～／まず～それから～

a．家に帰ると、まずテレビをつけます。次にニュースを見ながら、食事の用意をします。

b．国へ帰ったら、まず大学の友達に会いたいです。次に国のおいしい料理が食べたいです。

c．私の計画では、まず日本語学校で１年ぐらい勉強して、それから専門学校へ行こうと思っています。

d．日本へ来るために、まず大学で歴史を勉強しました。それから旅行会社で仕事をしてお金をためました。

5．〈動〉つもり／〈動〉ないつもりです〔意志〕

a．今年、専門学校か大学を受験するつもりです。

b．夏休みには、国へ帰らないつもりです。

c．結婚しても、仕事を続けるつもりです。

d．まだ日本語がへたなので、あと半年ぐらい日本で日本語の勉強をするつもりです。

6．〈動〉ために／〈名〉のために〔目的〕

a．日本に来るために、オートバイを売ってしまいました。

b．旅行のために，新しいスーツケースを買わなければいけません。

c．将来のために資格をとっておきます。

d．受験するためには、勉強だけでなく体力も必要です。

7．～だけでなく～も～

a．大学を受験するためには、日本語だけでなく、英語や数学も勉強しなければいけません。

b．私の父は韓国でだけでなく、日本でもおおぜいの友達を持っています。

c．将来はこの資格を仕事にだけでなく、国の発展にも生かしたいと思っています。

d．日本語の勉強は話す（こと）だけでなく、書くことも聞くこともとても大切です。

8．〈動〉と思います

a．来年、専門学校へ行こうと思います。

b．今年のクリスマスには国へ帰ろうと思っています。

c．私は将来、コンピュータを使う仕事をしようと思っています。

d．来週、国から友達が来るので、一緒に旅行しようと思っています。

III. 質問

1. どのくらい前に日本へ来ましたか。
2. どうして今、日本語を勉強していますか。
3. あとどのくらい日本語を勉強しますか。
4. 日本語を勉強した後で、何をするつもりですか。
5. どうしてそれをしますか。
6. 将来の目標は何ですか。
7. どうしてそう決心しましたか。
8. 目標を達成するために、どうしたらいいと思いますか。
9. まず、何をしなければいけませんか。
10. 次に、何をしなければいけませんか。
11. もし、あなたの計画通りにいけば、あと何年ぐらいで目標が実現できますか。
12. 今あなたが一番しなければならないことは何ですか。
13. もし、計画通りいかなかったら、目標を変えますか。
14. どう変えますか。

IV. 作文例

私は北京から日本へ来ました。妻は日本人です。それで日本にずっと住む決心をしましたが、日本でくらすことはなかなか難しいです。どうすればいいかと考え、こんな努力をすることに決めました。

まず言葉です。これは一番重要です。今までに1年半ぐらい勉強したのに、まだ十分ではありません。だからあと半年ぐらい勉強するつもりです。将来は日本人の中で生活をします。日本語がじょうずに話せるだけでなく、日本人の考え方や習慣も理解しなければなりません。だから、ふだんはできるだけ多くの日本人と交際します。

来年3月に日本語の勉強が終わってから、日本で技術関係の仕事をしようと思っています。そして、日本語と中国語を使う日中友好関係の仕事もしたいと思います。

V. ここで習った語句や文型をたくさん使って、あなたも書いてみましょう。(400字)

39.　もし1000万円あたったら

I．関連語句

宝くじ　1000万円　貯金　寄付　世界(一周)　旅行　大金　豪遊（ごう）　豪邸（ごうてい）　資金　老後　将来　目的　経営　一流(レストラン／ホテル／ブランド)　高級車(ベンツ　ロールスロイス　リンカーン　ポルシェ)　ぜいたく　海外(アメリカ　カナダ　ヨーロッパ　中近東　アフリカ)　利子（りし）　株　投資　人生　ヨット　夢　探険（たんけん）　南極（きょく）　北極

有効（ゆうこう）な　(大きく)かわる　(宝くじに)あたる　お金を(わける／使う)　足りる　役に立つ　(夢が)かなう

II．言い回し・文型

1．(もし)～たら～

a．もし1000万円あたったら、車を買います。

b．アメリカへ行ったらディズニーランドで遊びたいです。

c．もし1000万円あたったらいいなあ。

2．(もし)～ば～

a．貯金しておけば老後は安心です。

b．北極探検をすれば、有名になれます。

c．大金があれば、夢がかないます。

3．～なら～

a．リンカーンは買えないが、ベンツなら買えます。

b．旅行するなら、ヨーロッパがいいです。

c．株を買うなら、NTT がいいです。

4．～たら～／～ば～

a．誰かとお金をわけるとしたら、誰とわけますか。

b．世界を一周するとすれば、最低200万円はかかるでしょう。

c．株を買うとしたら、どこのがいいでしょう。

5．～ても～

a．1000万円あってもリンカーンは買えません。

b．宝くじを買っても当たらないことのほうが多いです。

c．1000万円あたっても将来の計画を変えるつもりはありません。

6．〈動〉てしまいます

a．1000万円を全部一人で使ってしまいます。

b．ベンツを買ったらお金がなくなってしまいます。

c．私の将来は変わってしまうと思います。

III．質問

1．もし宝くじで1000万円あたったらあなたの今の生活は変わると思いますか。

2．1000万円あればあなたの将来は変わりますか。または変えてしまおうと思いますか。

3．将来のために有効に使おうと思いますか。それともすぐに使ってしまいますか。

4．誰かに分けてあげますか。それとも全部自分で使ってしまいますか。

5．何かを買いますか。それとも他のことに使いますか。

6．何かを買うとすれば何を買いますか。買ってどうしますか。

7．他のことに使うとすると、何に使いますか。

8．それをするためには1000万円あれば足りますか。

9．このまま日本にいて日本語の勉強を続けますか。

10．国へ帰りますか。それとも他の国へ行きますか。

11．他の国へ行くなら、どこがいいですか。そこで何をしますか。

12．今、あなたは宝くじを買いたいという気持ちになりましたか。

IV．作文例

私は宝くじを買ったことがありますが、200円しかあたりませんでした。もし1000万円あたったら、両親に200万円ぐらいわけてあげて、あとは自分のために使います。世界中を旅行したいのです。800万円あれば十分足りると思います。

また将来の計画を変えずにこのまま日本で勉強を続けるかもしれません。授業料や生活費の心配がないからです。しかし、このまま日本にいて勉強をつづけたら、1000万円はすぐになくなってしまうだろうと思います。でも自分の将来のために有効に使うとしたら、日本で勉強を続けたほうがいいと思います。

V．ここで習った語句や文型をたくさん使って、あなたも書いてみましょう。(400字)

40.　日記

I．関連語句

公園　美術館　展らん会　動物園　水族館　遊園地　植物園　音楽会　演げき　映画　パーティー　ディスコ　ハイキング　ピクニック　サイクリング　誕生日　おくりもの　定休日　予約　前売り　入場券　満員　人ごみ　プレゼント(する)　約そく(する)　運動(する)　旅行(する)　招待(する)　待ち合わせ(する)　連絡(する)　おしゃべり(する)　大さわぎ(する)　見物(する)　相談(する)　外出(する)　用事(がある)　都合が(いい／悪い／つく)　ゆっくりする　のんびりする　でかける　過ごす　わかれる　乗りおくれる　～をさそう　～を連れて行く　～をさがす　～で人を送る　～を迎えに行く　～がこむ

II．言い回し・文型

1．〈イ形〉くて／〈ナ形〉で〈イ・ナ形〉です

a．パーティは、にぎやかで楽しかった。

b．あの店のくだものは、安くて新せんだ。

c．ともだちの家は、駅から近くて便利だ。

2．～し、(～し、)～

a．きょうは天気もいいし、あたたかいし、気持ちがいい日だ。

b．わたしの友だちは、よく勉強するし、学校も休まないし、まじめな学生だ。

c．横浜はきれいな場所がたくさんあるし、店も多いし、とても楽しい町だ。

3．～ので～

a．時間がなかったので、買い物をしなかった。

b．頭が痛いので、病院へ行った。

c．寒いので、まどをしめた。

4．～たら、～

a．家へ帰ったら、友だちから手紙が来ていた。

b．朝起きて外を見たら、雨が降っていた。

c．デパートでふくを買ったら、高かった。

5．～そうです／そうな〈名〉

a. 友だちの作ったケーキはとてもおいしそうだった。

b. このコートはあたたかそうだ。

c. 朝起きると雨がふっていて、外は寒そうだった。

6. 〈動〉たがります

a. いもうとはディズニーランドへ行きたがっている。

b. リンさんは日本料理を食べたがっていた。

c. 友だちが買いたがっていたウォークマンを、誕生日にプレゼントした。

7. 〈動〉なければなりません

a. 父と新宿へ出かけなければならない。

b. 10時までにえきへ行かなければならなかった。

c. わたしたちは漢字の宿題をしなければならない。

8. (〈名〉が)〈動〉(ら)れます〔可能〕

a. この映画館では、1,000円で映画が2本見られる。

b. この道は、自動車では通れない。

c. はじめてケーキをやいたが、じょうずに作れた。

III. 質問

1. 朝、いつもと同じ時間に起きましたか。
2. だれかと約(やく)そくがありましたか。
3. 午前中は何をしましたか、午後は何をしましたか。
4. どこかへ出かけましたか。
5. 何のためにそこへ出かけましたか。
6. だれとそこへ行きましたか。
7. どうやって行きましたか。
8. そこはどんな所ですか。
9. そこで何を見ましたか。そこで何をしましたか。
10. 食事はどこでしましたか。
11. ひとりで食べましたか。だれかといっしょに食べましたか。
12. 夜は何をしましたか。
13. いつもとちがう1日でしたか。

9月 3日(木) 天気(くもり)

いつもと同じごご3時に学校が終った。
きょうはナンシュクさんとカワンさんといっしょに、ブイユー先生と会う約束があった。でも私は4時半にアルバイトへ行かなければならなかったので、あまり時間がなかった。けれどもブイユー先生はフランスへ帰ってしまうので、あいさつだけでもしようと思い、じむ室へ行った。先生もいろんな仕事でいそがしそうだった。でも、「ちょっとコーヒーでも飲んで話でもしましょう。」としんせつに言ってくれた。みんなで学校の近くにある、きっさ店に入った。ちゅうもんしてから いろいろな楽しい話をしたりわらったりした。私はざんねんだったが、時間がなかったので さきにきっさ店を出た。

ここで習った語句や文型をたくさん使って、あなたも書いてみましょう。

(300字)

きょうあった事の中から一番心に残っているところを、絵にかいてみましょう。

8月 27日(土) 天気(はれ)

きょうは三番目の姉の22さいのたんじょう日だった。一番目の姉と、三番目の姉と私の三人で、新宿へ行った。私はデパートでハート形の「いちごケーキ」を買った。それから歌舞伎町へ行って、レストランで「しゃぶしゃぶ」を食べた。私はこれで二度食べたが本当においしい。食べてから、家へ帰り、小さいパーティをした。私たち三人で「Happy Birth Day」をうたって、おいわいをした。ケーキを食べたり、ビールを飲んだり、音楽を聞いて話したりした。とても楽しい一日だった。

41．　手紙 1（友だちへ）

I．関連語句

先日　留学生(生活)　学校(生活)　外国(生活)　寮(生活)　下宿(生活)　学期　(春／夏／冬)休み　授業　宿題　予習　復習　受験　進学　練習　テスト　帰国　習慣　乗り物　交通　楽しみ　アルバイト　充実(する)　たいくつ(する)　いそがしい　楽しい　つまらない　さびしい　おもしろい　かなしい　うれしい　なつかしい　ひま　ゆかい　久しぶり　しばらくぶり　興味(がある)　知らせる　思い出す　なれる　過ごす　くらす　通う　がんばる　～つもり　～なければならない　世話になる　お元気ですか　おかげ様で　～によろしく

II．言い回し・文型

1．～に気をつけます

a．毎日暑い日が続きますので、からだに気をつけて過ごしてください。

b．かぜをひかないように気をつけてください。

c．ひとりで生活しているので、きちんと食事をするように気をつけています。

2．〈イ形〉くなります／〈名〉になります

a．だんだん暑く／寒くなります。

b．だんだんむずかしく／やさしくなります。

c．秋が近づいてきて、木の葉がだんだん赤や黄色になってきました。

3．〈動〉（よ）うと思います

a．日本での生活について書こうと思います。

b．冬休みに帰国しようと思います。

c．来年の3月に大学を受けようと思います。

4．〈名〉のほうが〈名〉より〈イ・ナ形〉です

a．日本語のほうが英語よりむずかしいです。

b．東京のほうが私の国より人口が多いです。

c．日本の夏のほうが中国の夏より暑いです。

5．〈名〉は〈名〉ほど〈イ・ナ形〉ありません

a．日本は中国ほど大きくありません。

b．日本語の発音は文法ほどむずかしくありません。

c．家から学校までは思っていたほど遠(とお)くありませんでした。

III．質問

1．だれに手紙を書きますか。はじめにどんなあいさつをしますか。

2．毎日の生活のことでどんな事を知らせたいですか。

(1) 住んでいる家のようす。

(2) 通っている学校のようす。通学のようす。

(3) 日本語の勉強について。

(4) クラスのことについて。

(5) 留学生活の楽しい点、つらい点。

(6) 新しい友だちについて。

(7) 日本の食べ物について。

(8) 自国の食べ物で何が一番食べたいと思いますか。

(9) 日本でおどろいたこと。

(10) これからの予定について。

3．最近、あなたのまわりであったことで、どんなことをその人に知らせたいですか。

4．おわりに、その人とその人の家族にどんなあいさつをしますか。

IV．作文例

リンさんお元気ですか。私も元気に過ごしています。早いもので日本へ来てもう5か月たちました。日本の生活にはすっかりなれましたが、日本語の勉強はむずかしくなって来ました。なれるために、日本語の本を読んだり、テレビを見たりしています。

夏休みに日本の友だちの家へ遊びに行きましたが、そこは全部で7人という大家族でした。ごちそうを食べて、話をして、本当に楽しかったです。まるで自分の家へ帰ったようでした。冬休みには1週間、帰国するつもりです。会うのを楽しみにしています。お母さんにもよろしくお伝えください。さようなら。

9月15日　　　　　　　　　　ロベルトより

V．ここで習った語句や文型をたくさん使って、あなたも書いてみましょう。(300字)

42.　手紙 2（恩師／先生へ）

I．関連語句

授業　入学試験　新学期　(夏／冬／春)休み　クラスメート　帰国　季節　病気　ホームシック　生活　料理　ご(家族／多忙／心配／返事／いっしょ)　お(大事／元気／願い／手紙／宅)　一生懸命　希望(する)　いそがしい　きびしい　美しい　なつかしい　すずしい　さわやか　目指す　思い出す　慣れる　過ぎる　信じる　がんばる　さしあげる　うかがう　なさる　おる　～ず(＝ない)　相変わらず　いかが　どうぞ　ございます

II．言い回し・文型

1. はじめのあいさつ（気候・天気・季節と相手の様子についてたずねる。）
「さわやかな／木々の緑が美しい／雨の／雪の／花の季節となりました。お元気でいらっしゃいますか。」「だいぶあたたかく／すずしくなってまいりました。お変わりございませんか。」「暑さ／寒さがきびしくなってきましたが、お元気でお過ごしでいらっしゃいますか。」

2. むすびのことば（相手の健康への思いやりやお礼、やくそくやおわびなどを書く。）
「これからだんだん暑く／寒くなります。お体に十分気をつけてください。」
「暑さ／寒さのきびしいときです。どうぞお大事になさってください。」「またお手紙を書きます。どうぞお元気でお過ごしください。」「近いうちにお会いしたいと思います。」「お会いできる日を楽しみにしております。」

3. ～でいらっしゃる
   a．お元気でいらっしゃる／いらっしゃいますか。
   b．ご多忙でいらっしゃる／いらっしゃいますか。

4. ぜんぜん〈動〉ません
   a．今でも新聞は難しくて、ぜんぜん読めません。
   b．この学校へ入学したとき、日本語はぜんぜんわかりませんでした。

5. 申しわけございません
   a．ご返事が大変おそくなって申しわけございません。
   b．申しわけございませんが、もう一度お願いします。

6.　お〈動〉（いた）します／〈動〉（さ）せていただきます〔謙譲〕

　　a.　夏休みにおうかがいいたします。

　　b.　お話を聞かせていただくのを楽しみにしております。

　　c.　日曜日に遊びに行かせていただきます。

7.　お〈動〉になります〔尊敬〕

　　a.　今も日本語をお教えになっていらっしゃいますか。

　　b.　今年の夏はどこへお出かけになりましたか。

　　c.　毎日どんな新聞をお読みになりますか。

8.　〈動〉てきます

　　a.　来年の入試がだんだん心配になってきました。

　　b.　12月になり、寒さがきびしくなってきました。

　　c.　近ごろ、日本語が少しわかるようになってきました。

III.　手紙文

ストークス先生

　夏休みも終わり 勉強の秋になりました。
先生はいかが夏休みをお過ごしになられましたか。
お好きなつりにお出かけになりましたか。
　もっと早くお手紙をさしあげようと思っていたのですが
おそくなり 申しわけございません。
　4月の初めに日本に来て 5か月が過ぎました。
最初は日本語がぜんぜんわからず 毎日とても大変
でした。しかし近ごろでは テレビや新聞の日本語が
だいぶわかるようになりました。
　昨年の夏 先生のおたくにうかがい いろいろ楽しい
お話を聞かせていただいたことを思い出しています。
あれから1年が過ぎたとは信じられません。
　日本での生活にもだいぶなれました。時々国の
食べ物がなつかしくなり ホームシックにかかります。
　来年 希望する大学の入学試験に受かりましたら
ちょっと帰国したいと思っております。その時は
先生にもお会いできると今から楽しみにしております。
　これからだんだんすずしくなります。どうぞお体を
大切になさってください。

1987　9　10

アン ブライト

☆相手の名前

☆はじめのあいさつ

☆相手の様子をたずねる

☆自分の様子、生活、感じたことなどを自由に書く。

☆むすびのことば

☆年月日

☆自分の名前

IV. ふうとうの書きかた

1. 横書き

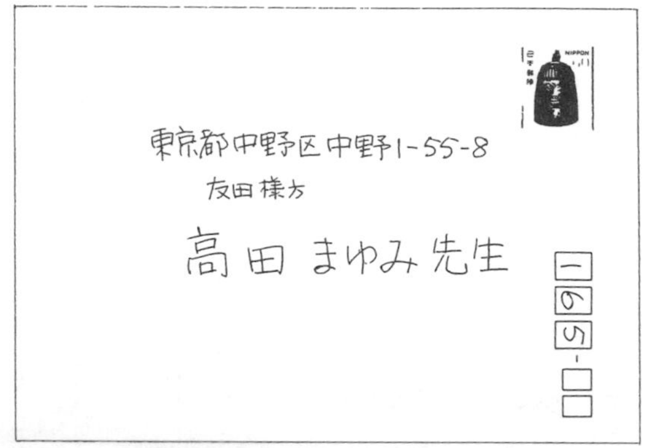

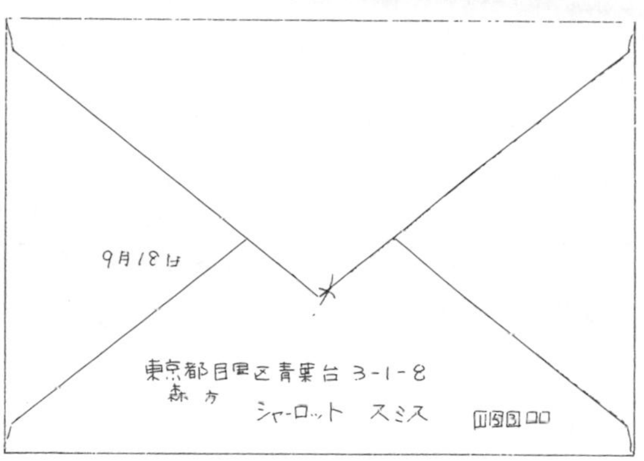

2. たて書き

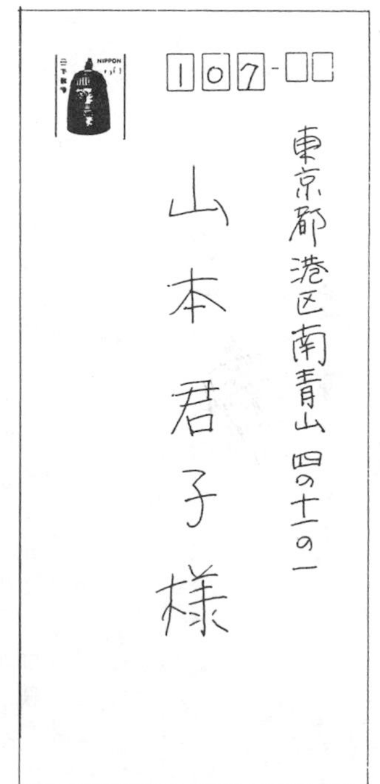

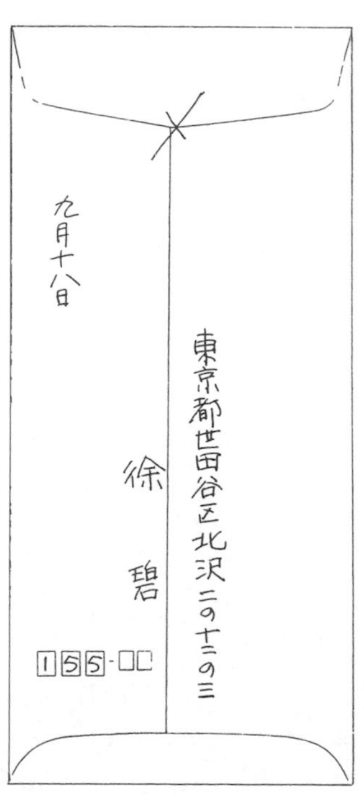

43.　年賀状・暑中見舞・引越通知

I．　年賀状

1. 新年のあいさつ（他の文字より少し大きい字で書く）
   「明(あ)けましておめでとうございます」
   「賀正(がしょう)」「謹賀(きんが)新年」「迎春(げいしゅん)」「賀春(がしゅん)」
2. お礼のことば
   「昨年中はいろいろとありがとうございました」「旧(きゅう)年中はお世話様になりました」「昨年はお世話になりました」
3. 今年したいこと・考えていること
   「今年こそ……したいと思います」など自由に書いてもよい。
4. 今年の願い・相手へのあいさつ
   「本年もどうぞよろしく」「今年も良い年でありますようお祈り申します」
5. 年月日は「昭和～年」「19～年」、「元旦(がんたん)」または「1月1日」
6. 郵便番号・住所・氏名・電話番号
   （文面が長くなったときは、表がわの下の部分に書いてもよい）

新年おめでとうございます

昨年中は大変お世話になりました
今年は大学受験の年です
もっと日本語を勉強して希望する
大学に入りたいと思います
本年もどうぞよろしくお願い申し
上げます
ご健康とご多幸をお祈りします

1988年1月1日

〒231
横浜市中区山手町123-5
林 花春

謹　賀　新　年

昨年中はいろいろとお世話様になりました
本年もとうぞよろしくお願い申し上げます

昭和62年元旦

5月に家族が一人ふえます
心のやさしい子に育てたいと思います
幸多い良い年でありますように！

〒236　横浜市金沢区平潟町28
電話（045）78X－X78X

岡　田　福　式
　　　　和　美

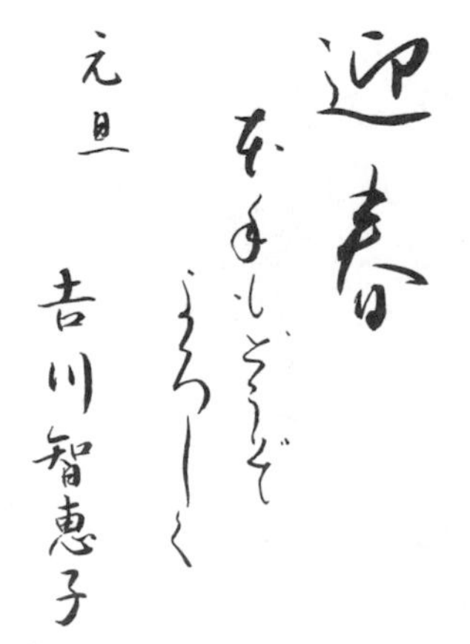

迎春
本年もどうぞよろしく
吉川智恵子
元旦

○お年玉つき年賀はがきは11月5日に発売されます。
○私製はがきを使うときは表がわに赤字で「年賀」と書きます。
○年賀状は12月5日から20日ぐらいまでに出します。
　1月1日に届けたいときはこの期間中に「年賀状」だとわかるようにまとめて郵便局へ出すとよいでしょう。
○年賀状はなるべく1月15日までに相手に届くようにしましょう。
○文面が印刷(いんさつ)されているはがきを使うときは、何かひとこと書き足すとよいでしょう。

II．暑中見舞（立秋―8月8日ごろ―を過ぎると「残暑見舞」になります。）

暑中お見舞申し上げます

暑い日が続いていますがお元気ですか。
私はこの夏休み中に友だちと二人で
富士山に登ろうと思っています。
大学入試も近づいてきましたので
今年は国へ帰らないで日本語の
勉強をするつもりです。
まだ暑い日が続くと思います。
どうぞお体を大切になさってください。

7月31日

〒104
東京都中央区銀座8-10-3
東　英子

残暑お見舞申し上げます

毎日暑いですね。お元気ですか。
8月の初めに国へ帰りました。
家族といっしょに海や山へ行き
ました。友だちにも会いました。
国にいる間は日本語をぜんぜん
話しませんでした。ですから日本語を
忘れてしまいました。
これから学校が始まるまでがんばって
勉強しようと思います。
あなたの夏休みはどうでしたか。
9月に学校で会えるのを楽しみにして
います。

8月25日

ヴィヴィアン

III．引越通知

お元気ですか。
8月3日に引越しました。
近くにスーパーマーケットもありますし
地下鉄の駅から歩いて5分ぐらいの
とても便利なところです。
どうぞ遊びに来てください。

1988年8月31日

〒107
東京都港区南青山4-11-1
山本　春子
電話　03-405-0088

← シブヤ
アカサカ →
地下鉄「表参道」
スーパーマーケット
パン

イラスト・地図などを
入れても楽しいでしょう。

44.　パーティーへの招待状

Ⅰ．関連語句

結婚披露(ひろう)　バースデー（誕生日(たんじょうび)）　クリスマス　入学　進級　卒業　お別れ　新築　新居(しんきょ)　記念日　祝(いわ)い　プレゼント　ゲーム　飲み物　食べ物　会場　場所　会費　日時　案内　受付(うけつけ)　地図　出欠席　返事　追伸(ついしん)　ケーキ　バーベキュー　レストラン　喫茶店(きっさてん)　二次会　ごちそう　招待（する）　交換(こうかん)（する）　用意（する）　準備(じゅんび)（する）　楽しみ　誘(さそ)う　申しこむ　知らせる　持って来る　どうぞ　～までに　～から～まで

Ⅱ．言い回し・文型

1. どうぞ／かならず〈名〉ください／〈動〉てください

　a．どうぞ出席してください／ご出席ください。

　b．どうぞいらしてください／おいでください。

　c．かならず出欠席の返事を出してください。

　d．かならずプレゼントを持って来てください。

2. 〈動〉ていただきます

　a．パーティーに出席していただきたいと思います。

　b．何かゲームを考えて来ていただきたいのです。

　c．旅行の写真をぜひ見せていただきたいと思います。

3. ～ので

　a．パーティーをしますのでお出かけください。

　b．先生もいらっしゃいますのでご出席ください。

　c．結婚しましたのでお知らせします。

4. お〈動〉します

　a．来週のパーティーにはあなたのご両親もお招きします。

　b．日本語の先生もおよびしますので、ご出席ください。

　c．私の国の料理とおいしい飲み物をお出しします。

Ⅲ．招待状（結婚ひろう・クリスマス・バースデー・さよならパーティー）

このほかにどんなパーティーがありますか。いろいろな招待状をあなたも書いてください。

1. 結婚披露パーティー

私たちは11月3日に結婚しました
今までは一人でしたが これからは何
でも二人です 今とても幸せです
そこで みな様に新しい私たちを
見ていただきたいと思います
11月23日(日) 6時にどうぞ
おいでください
かんたんな食事を用意します

1988年11月10日

ジョアン
ケネス ・ジィー

2. クリスマス・パーティー

クリスマス パーティーをします。
プレゼント こうかんをしますので
1000円ぐらいの品物を持って
来てください。
それと 楽しいゲームを たくさん
考えてきてください。

12月23日(土) 6時半
山川先生のおたく

出席する人は12月20日までに
申しこんでください。

12月15日

金銀福

3. バースデー・パーティー

2月28日は私の誕生日です
バースデー・パーティーをしますので
どうぞ いらしてください。
あまり上手ではありませんが
私が料理を作ります。
たくさんの方が来てくださるのを
楽しみにしています。

2月20日

大町 友子

追伸：時間は7時からです。

4. さよならパーティー

4月に入学して1年がたちました。
希望する大学や専門学校へ入学した人
国へ帰る人 もう少し日本にいる人
いろいろだと思います。
1年間いっしょに勉強したクラスメートで
「さよならパーティー」をしたいと思います。
もちろんこの1年お世話になった先生も
いらっしゃいます。
会費は 500円(飲み物代です)
パーティーに出席する人は かならず何か
料理を1皿持ってきてください。
日時：3月15日(土) 5時半
場所：赤坂のシスターさんの家

3月3日

宋美鈴

▲あとから本文につけ足す文を追伸（ついしん）といいます

45.　礼状・返事

I．関連語句

当日　残念　先日　あて名　お礼　用事　先約　紹介(する) 出席(する) 欠席(する)

なかよく　つらい　悲しい　うれしい　すばらしい　おいしい　じょうず　へた

好き　きらい　招く　誘う　待つ　喜んで～する　本当に　おかげ様で～

きっと都合が(良い／悪い／つく／つかない)

II．言い回し・文型

1．ぜひ

a．ぜひパーティーに出席したいと思います。

b．ぜひ日本人の友だちを紹介してください。

2．残念ですが〈名・動〉ません

a．残念ですがその日は先約があり、出席できません。

b．残念ですが当日はほかに用事がありますので、おうかがいできません。

3．あまり～ません

a．日本語があまりじょうずではありません。

b．あまり長い時間はいられませんが、ぜひ出席します。

4．〈動〉ていただきます

a．パーティーにお招きいただきありがとうございます。

b．お別れ会に誘っていただき本当にありがとうございます。

III．返事（出欠席のはがき）

☆ご出席　ご欠席　ご住所　お名前などの「ご」「お」をけす。

☆あて名の「〇〇行」の「行」をけして「様」となおす。

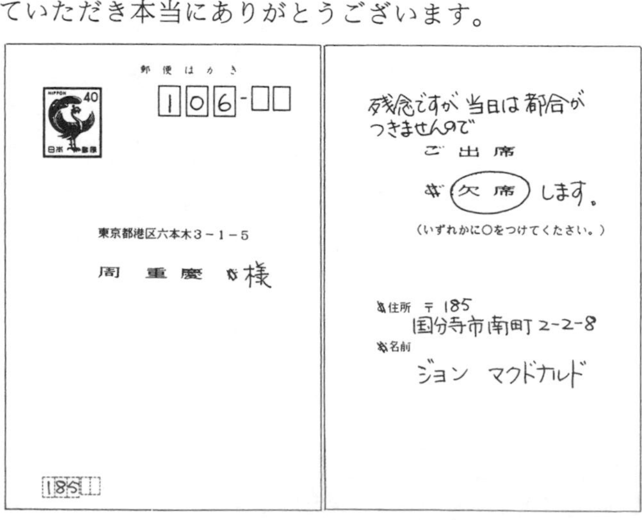

IV.　礼状・返事の例

先日は大変お世話になりました
おかげ様で楽しくパーティーに
出席することができました
まだ日本語があまりじょうずでは
ないので、本当にたすかりました。
ありがとうございました
これから、もっと日本語を勉強
しようと思っています
どうぞよろしくお願いします

1987.9.23

王　偉

さよならパーティーに誘ってくれて
ありがとう。
去年の4月、みんなに初めて
会ってから1年が過ぎました。
日本語の勉強はとても大変
だったけれど、楽しい1年でした。
よい友だちもたくさんできました。
みんなとお別れするのがつらい
です。これからもなかよくして
ください。
パーティーを楽しみにしています

3月6日

サニー・ソン

ご結婚おめでとうございます。
結婚ひろうパーティーにお招きいただき
ありがとうございます。喜んで
出席いたします。
あなたはきっとかわいい花嫁（よめ）さん
でしょうね。
ぜひ写真をとりたいと思います。
今からとても楽しみです。
お二人のお幸せを心からお祈り
申し上げます。

1988年10月12日

沈雪蘭

お誕生日おめでとうございます
パーティーに招かれるとは思って
いなかったのでとてもうれしく思
います
これからプレゼントをさがしに
行こうと思っています。
当日、お会いできるのを楽しみに
しています。

2月20日

サニタン

⑥ ∫ 上と下を入れかえる　〔上下入れかえ〕

⑦ ∫~ つづける　〔つづける〕

⑧ ↗○ 位置をうつす　〔位置の移動〕

III．添削例

〈例　1〉

なかち（いっしょ）に住みます。うちは田舎の方がいい
と思います。お金もたくさんかかりませんし
、大きい庭ももらえます（ついてい）。もし、海岸の近く
ならもっといいと思います。夏の時（は）、庭で水瓜（西）
をやくて、⑧海の音をきいたり、たべたり最高
ですよね！（だと思います。）冬の時（は）、みな（ん）暖炉の前に（で）ごはんを
食べたり、話とをしたり、楽しいでしょう。
④まだ（でも）若いから、宝くじをまっているなら（が当たるのを待っているより）、ばた（はたらいて）
ないですね、やっぱり自分の力で一千万円を
つくります。（つくろうと思います。）

いろいろと楽しい夢を持ちながらも最後にはしっかりした結論を出したことに感心しました。

添削のための記号

挿入

① ＜　一字を入れる場合

①′ ｛　二字以上の場合

削除

② ／　一字削除の場合

②′ ―　二字以上の削除の場合

（普通は二重線を用いるが作文添削の場合は元の文字が見やすいように単線を用いる）

上部への移動

③ ↑　上の線まで上げる

下部への移動

④ ⊓　字を下げる場所

段落

⑤ ┗　行をかえて一ますあけて書く

もし一千万円あたったら

江　佳珍

もし一千万円あたったら、すぐうちにとんで帰って家族のみなにしらせます。そして泥棒を防ぐために、すぐ銀行へいって貯金をします。定期の方が利息が高いとききましたが定期にします。預金定期半年を満期としたらお金を持って、不動産屋さんへいきます。好きなお家をかいます。お家をかったら、台湾の親せきや友達など日本に招待して、み

〈例 2〉

いる。釣の為新しい所をさがして行く事もた
のしみ。しかし釣の目的は魚を取る事た。とま
わが人によって魚の取り方がちがう。魚を木
沢取りたい人と大きい魚を取りたい人
がいる。Ⓑ私の立場は魚を取るのが私の趣味で
ない。釣に行って自然の見ながら心静かにあ
そぶ。いろんな事を忘れ、ストレスを解消し
て、もっときれいな気分で家に戻ってくるの
は私によって一番いい事だと思う。

構成が良く、意図がはっきりわかります。Ⓐと Ⓑの所で行かえをすると、もっと良くなるでしょう（Ⓐの所だけでも）

No.

私の趣味

呉　世烈

私の趣味は釣だ。釣は大きく分けると海の釣と川の釣と湖の釣の三つである。その中私は湖の釣が大好きだ。私が初めて行った釣は小学校一年頃だ。おさない時から家のちちと一緒に行った。その時は釣のだいごみは知らなかった。でも中学生になってひとりで釣に行くの多かった。年がとって行くともっと遠い所で釣をしたいから私の国の湖はほとんどして

20×20

〈例　3〉葉書

寒さが続いてますが、お元気ですか。
今度十二月十八日は私の誕生日です。
それでその日誕生日のパーティをします
のでどうぞゆらっしゃて下さい。
御時刻は午後五時半でございます。
どうぞいらっしゃてくれて楽しい時を
みんな様もいっしょに過ごそうとします
あまり上手ではありませんが、私が
料理を作ります。
そして神田学院でいっしょに日本語を
習った皆様がいらっしゃいますので貴方も
ぜひいらっしゃって下さい。

昭和六十二年九月十八日
金聖桓

暑中お見舞申し上げます

暑い日が続いていますがお元気ですか。
私はこの夏休み中に母国に帰国して
家族といっしょに海や山へ行って
友達に会って、本当に楽しみでした。
けれどもやはり文部省の能力試験が
あるので日本に早くまいるつもりです。
まだ暑い日が続くと思います
どうぞお体を大切になさって下さい。

9月11日

〈例　4〉手紙１—友だちへ

山室さんへ

お元気ですか。　おかげさまで　わたしは　元気に
すごしています。

日本へ来てから　八か月が　すぎました。毎日、
学校へ行って　日本語を　勉強~~しました~~（しています）。　~~しかし~~、
日本語も　話せるようになって、　留学生活にも
なれました。

夏休~~の~~（み）中、私は　~~せこ~~（どこ）にも　行きませ（ん）でした、（が）
東京の夏は　北京より　~~とっても~~（ずっと）　暑いです。　毎日
気温は　34°C（に）なり~~ました~~（ます）。　夜も同~~じ~~（じ）です。~~わたし~~
~~は~~毎日　仕事を~~しました~~（したり、）。　時々　クラスメート（と）一緒に、
映画を見に行った（り）、　中国の料理を　~~作りかった~~（作りましたので、）。夏
休（み）~~の~~生活は　充実~~しました~~（していました。）　日本で（の）留学生活（は、いろいろ）　むず
かしいです（が）、でも　おもしろいです。

来年の三月には　大学受験がありますから、今
一生懸命　日本語を　勉強~~します~~（しています。）

来年の一月に　一か月ぐらい、帰国したいと思って
います。

お体~~に~~（を）　おだいじに~~します~~（してください。）

九月　一日

王振生

〈例　5〉手紙２―先生へ

もうさわやかな秋になりました。先生はいかがですか。近頃お忙しい
でしょうか。
前週お手紙をうけとりましたが早くお手紙を書いていただくわげ
ですがずっと今日まで書いていただいて本当に申訳ございません。
さて夏休みには先生のご紹介してくれた本をよく読んで本当に
いい勉強になりました。日本二ヶ月間で先生は毎日親切に日本語とか、
日本の生活とか正しく教えてくれますから私に日本の生活に早目
に慣れされます。本当に心から感謝いだします。
いま新学期に入りました。忙しい勉強の生活が始めました。来年
大学院に入るために正しい日本語を毎日勉強しています。もちろん
新学期で先生はいろいろよろしくお願いいたします。
お体を大切にお元気で。

一九八七・九・一七

胡小清より

鈴木先生

〈メキシコ　男性　24歳・学習歴5か月〉

日本語の授業

野坂　ロベルト

日本語の授業はとてもおもしろいです。十週間で五回来なければなりません。月曜日から金曜日までです。授業中にはいろいろなことを習います。先生がたは私たちに本を読ませます。漢字も習うし文法も覚えなければなりません。たいへんむずかしいです。でも先生がたはよく説明をいただいてすぐ分かります。毎週試験があるので毎日勉強をしなければならないと思います。今までは日本語はよく話せません。げんざだんだんよくになります。と思います。読むのが少しできます。私はメキシコ作文からあまり漢字が分かりません。とてもむずかしいです。先生は漢字を覚えますために漢字を何回でも書かせます。私は新しい言葉を家で覚えます。でも日本語では文法と漢字の応用が大事むずかしいです。とても大切です。しょうらい私は日本人のような日本語を話したいと思います。

外国語を習うのは大変ですね。でも今の調子でがんばってください。ふつう四百字ぐらいの作文では、内容の変わるところで二つか三つの段落を作ります。└を入れたところに段落を作るともっとわかりやすい作文になります。これからは段落を作ることも考えながら書いてみましょう。

〈西ドイツ　女性　22歳・学習歴7か月〉

すみだ川下り

マルティナ・クーツィウス

先週の金曜日学校の遠足をしました。浜まつちょう船に乗ってすみだ川に下たりました。若い時から船に乗ることは大好きでした。

私の生まれた町はケルンでライン川の側です。家族の内はライン川から三分だけかかずよくライン川の川ばた行きました。そして川の音は私にいつでも気持うれしくなった景色は精神を安定になりました。鳥の歌を聞きながら詩を読んだりしました。なつかしいです。

でも金曜日は本当にがっかりでした。古い建物だけ見えた景色はあまりきれいではありませんでした。ふん囲気はゆうつでさせました。ライン川は恋くなりました。

浅草着いた時に人はいっぱいなのでいやだてとだった計画を変りました。地下鉄に乗って原宿へ行きました。向こうで私の一番好な回転ずし屋あるからそこまで昼御飯を食べに行きました。そして満足して家へ帰りました。

すみだ川を下って、ふるさとのライン川を思い出しているようすが、良く書けています。外国にいると自分の国の美しさが良くわかりますね。

〈韓国　女性　24歳・学習歴6か月〉

母の日

朴 玉 珠

私の国では、五月八日が親の日ですが、その日はたぶんいつもは母のためにある日だと思われています。子どものころは、毎年、赤いカーネーションとプレゼントをしていました。私と姉は、一年ぶん、その日のために小使いをすこしずつあつめ、真心をこめてプレゼントをしたものです。私は兄弟が私をいれて六人いますから、母は毎年六つのカーネーションと六種類のいろんなプレゼントをもらったものです。

今は、私たちはぜんぶけっこんして、母のそばからはなれていますが、近くに住んでいる人は母の家へ行って前とおなじように母をよろこばれます。しかし私のばあいは母のそばまで行くのは難しいですから、電話をかけるとか手紙を書くとかして母にありがたいを表していますが、その日はもっと母が会いたくてさびしくなります。

今ははなれていてもお母さんを思う気持ちが良く書けています。あなたが（子供をうんで）お母さんになった時に、お母さんの喜びや苦労がもっと理解できるようになるでしょう。

〈アメリカ　女性　24歳・学習歴1年3か月〉

No.

インスタント食品

メグ・ギャンブル

私は出来るほど即席めんを食べません。必要あれば、「中華めん」というのは一番おいしいと思う」を食べる。インスタントと手作りの料理を比べると、大部違う味がする。新鮮な材料で作った料理は中にも健康にもとてもいい。一方、インスタント食品はあまりおいしくないし栄養価も少ないと思う。

しかし、なぜはやっているかというと理解できる。現代の早いペースの生活のためにこのような食品を食べる人が増加しているだろう。特に、日本の場合は便利なライフスタイルにむいて来たのです。だから、七十、八十か国に輸出している事はそんなに信じにくくないと思う。私の国、米国でもカップヌードルは大学生の基本食物になっているぐらいだ。やって来た。このようなインスタント生活がつブリて行と社会はだんだんなまけものが多くなっていくのではないかと思う。

20×20

インスタント食品の便利な点と悪い点の両面を指摘し、さらに自分の意見を加えて四百字の制限内でよくまとめてある。

〈中国　女性　26歳・学習歴6か月〉

20×20

香港のお正月

蘇　淑貞

外国と日本の元旦は新しい年が始りますが
中国の正月は旧暦によって毎年ちがいます。
今年も昨年より少しおそいです。それは中国
しかないと思います。私は香港で育ちました
がお正月は中国と一緒です。皆三十日までに
大掃除をしておきます。店や会社や銀行はほ
とんど二十九日までで終ります。大晦日の夜
は皆はやく家に帰って家族と一緒にごはんを

食べます。それは普段とちがいます。一年に
一回必ず家族全員が集まれ豪華な食事をします
その夜は公園で花の市場が行われています。
とてもにぎやかでたくさんの人が出ています
元旦の朝お正月のあいさつをしておとし玉を
もらいます。香港ではいくつになっても独身
の人はおとし玉をもらえます。元旦にはあい
ている店もありますが大変高いです。ほかに
は、親戚の家へあいさつにも行きます。
　お正月は本当にいいものだと思います。

いつもとちがうことをたくさんするお正月は
ほんとうにいいものですね。
段落に印をつけましょう。

〈ペルー　男性　22歳・学習歴1年〉

買い物

西村　セルジオ

　私は買い物をする時は［時になると］とてもうれしいけれども、レジで払う時は、国の事（父が一生けんめい私のせいで［ために］はたらいているのですが。）を思い出して、もう何も買いたくなりです［くなくなります］。

　私はスーパーで買い物する時は（店が）しめるちょっと前へ［に］行きます。そうすると、いろいろな物がやすくなります［買えます］。ほかの買い物をする時もだいたい同じです。

　けれど、ようふくやオーディオの物だったら、目をとじて、国の父の事は忘れて、えんりょ［も］しないで買います。ざんねんながら学校のちかくに秋は原やぎんざがあって、友だちと出かける時たど手ぶらで帰るのはチョットむずかしいです。でも何か買ったあと、ざいあくかんを持つから、家で待っている妹に自分の物より少し高い物を買ってしまいます（こまったむすこですねえ。）

20×20

買い物をするときの気もちがとてもよく出ていますね。国のおとうさんのためにも、一生けんめいに勉強してください。

Ⅳ. 補足トピック

1. 日本への旅
2. 日本の第一印象
3. 日本に来て思ったこと
4. 日本に来て困ったこと
5. 日本の若者達
6. アルバイトで学んだこと
7. 卒業式
8. 入学式
9. 図書館
10. あいさつ
11. ニックネーム
12. じまん料理の作り方
13. 私の好きなことわざ
14. 日本の広告
15. 私の国の国旗
16. 民族衣装
17. 天気予報
18. レストランで
19. 喫茶店で
20. 花火大会
21. ディズニーランド
22. 私の愛読書
23. 失敗談
24. 日本語の先生
25. 日本語について
26. 私の日曜日
27. ホームパーティー
28. お花見
29. クラブ活動
30. 私の親友はこんな人
31. 私の健康法
32. タバコ
33. お酒
34. テレビと私
35. 子供時代の遊び
36. 夢
37. 自動販売機
38. 私の国の有名な観光地
39. 名前のつけ方
40. お見舞
41. 猫好き犬好き
42. 理想の(父／母)親像
43. 今までに一番うれしかったプレゼント
44. 10年後の私
45. 50年先の日常生活
46. もし私が(男／女)だったら
47. お化け (こわい話)
48. 忘れられないこと
49. 地震(雷／火事)の体験
50. 共働き

V．文型リスト

	トピック No.	ページ
1．〈動〉とき（に／は）〈動〉ます	7,13	24,39
2．（〜へ）〜に〈動〉ます〔目的〕	11	34
3．（場所）に〈名〉があります	3,11	15,34
〈名〉は（場所）にあります	4	18
4．（ひとつ、一人、一度…）も〈動〉ません	26	66
5．〈動〉て〈動〉ます〔手段〕	13	39
6．（場所）で〈動〉ます	5	20
7．〜から〜まで	5,13,16	20,40,46
8．（出発点）を出ます／（到達点）に着きます	35	84
9．〈名〉を〈動〉ます〔経路〕	5	20
10．〜て／〜で〜〔原因・理由〕	24	62
11．〈イ形〉くて／〈ナ形〉で〈イ・ナ形〉です	40	96
12．〈動〉て、（動）て、〈動〉ます	13,33	39,80
13．〈動〉てから、〈動〉ます	8,33	26,80
14．〈動〉まえに／〈動〉たあとで〈動〉ます	13	39
15．〈動〉ながら〈動〉ます	8,13,16,33	26,39,46,80
16．〈名〉ください／〈動〉てください	44	106
17．〈動〉ています〔状態〕	2,36	12,86
18．〈名〉／〈動〉こと／のが(好き／きらい／じょうず／へた／得意／苦手)です	1,6,10,28	10,22,32,70
19．〜こと／もの／の	1,19	9,52
20．〈名〉は〈名〉が〈イ・ナ形〉です	24	62
21．〈名〉より〈名〉のほうが／〈名〉のほうが〈名〉より〈イ・ナ形〉です	14,17,21,41	42,48,56,99
22．〈名〉は〈名〉ほど〈イ・ナ形〉ありません	41	99
23．〜(の中)では〜がいちばん〜	4,6,28	18,22,70
24．〈動〉やすい／にくいです	24	62
25．〈動〉たいです／たがります	12,25,40	36,64,97
26．〈動〉てほしい／てもらいたい／ていただきたいです	28,44	70,106
27．〜まま〜	2,20,26	12,54,66
28．〜たり〜たりします／です	2,12	12,37
29．〈動〉（た）ほうがいいです／〈動〉ないほうがいいです	24,37	62,88
30．〈名〉という〈名〉〜	12	36
31．〈動〉（よ）うと思います	7,25,38,41	24,64,92,99
32．〈動〉つもり／〈動〉ないつもりです〔意志〕	25,38	64,92
33．〈動〉なくては／なければ——いけません／なりません	7,40	24,97
34．〈イ形〉くなります／〈ナ形・名〉になります	9,12,15,41	29,37,44,99
35．〈動〉ようになります	7,15	24,44

36.	〈名〉が〈動〉（ら）れます〔可能〕	40	97
37.	〈名〉が　見えます／聞こえます	5	20
38.	〈名〉で／から〈名〉をつくる	17	48
39.	〜ようです／〜ような〈名〉／〜ように〈動〉〔様態〕	2,12,16,28	13,36,46,70
40.	〜そうです／〜そうな〈名〉〔様態〕	28,40	70,96
41.	〜そうです〔伝聞〕	35	84
42.	〜らしいです〔推量〕	7	24
43.	〜ようです〔推量〕	31	76
44.	〈動〉（ない）ように〈動〉ます〔目的〕	33	80
45.	〈動〉たことがあります	8,15	26,44
46.	〈動〉ことがあります	2	12
47.	〈動〉ことにします	25	64
48.	〈動〉ことにしています	19	52
49.	〈動〉ために／〈名〉のために〔目的〕	29,38	72,92
50.	〜ので〜	40,44	96,106
51.	〜のは〜からです／〜から〜	1	10
52.	〜し(〜し）〜／〜もあれば〜もあります	17,40	48,96
53.	〈動〉てあります	3,9	15,29
54.	〈動〉ておきます	33	80
55.	〈動〉てしまいます	32,39	78,95
56.	〈動〉てきます	36,42	86,102
57.	〈名〉を　やります／あげます／さしあげます	9	29
	〈名〉を　もらいます／いただきます	9	29
	〈名〉を　くれます／くださいます	9	30
58.	〈動〉て　やります／あげます／さしあげます	6,9,18	22,30,50
	〈動〉て　もらいます／いただきます	6,9,37,45	22,30,89,108
	〈動〉て　くれます／くださいます	6,9,18,31,37	22,30,50,76,89
59.	〈動〉（ら）れます〔受身〕	11,12,18,32,36	34,37,50,78,86
60.	〈動〉（さ）せます〔使役〕	10,15	32,44
61.	〜と〜	11,22	34,58
62.	〜ば〜	29,30,39	72,74,94
63.	〜たら〜	29,30,39,40	72,74,94,96
64.	〜なら〜	30,39	74,94
65.	〜ても〜	2,11,39	12,34.94
66.	お〈動〉になります〔尊敬〕	42	102
67.	お〈動〉(いた)します／〈動〉(さ)せていただきます〔謙譲〕	42	102
68.	〈動〉ところ〜	16	46
69.	〈動〉たばかりです	34	82
70.	〜だけでなく〜も〜	38	92
71.	〈動〉たものです	19,26	52,66
72.	なぜ／どうして〜か	25	64
73.	〈動〉べきです	34	82

VI. 頻度の高い指導項目

1. 段落をつけること

(a)段落のつけ方が少ない場合：初級終了直後の学生は400字の作文の場合にせいぜい1か所つけている学生が一番多い。

(b)段落皆無の場合：400字の作文で全く段落というものをつけていない学生もかなりみられるので、2～3か所くらい段落をつける指導をする。

(c)段落のつけ方のわからない場合、何度も読み返させて内容のまとまりを把握させる。

2. 文体の統一

(a)くだけた日常会話に慣れてくると、つい書き言葉の中に不用意に混ぜてしまい、全体が、話し言葉を書きおこしたようになってしまったり、(b) あるいはいわゆるです／ます体で書き始めても、途中からいつのまにか話し言葉に変わってしまったり、(c) 途中のあちこちに話し言葉がまじっているような作文が少なからずみられる。(d) です／ます体と、だ体がまじって、不統一な文もかなりある。

(例) きのう友達のうちへ行ったんです。
東京の生活はいそがしいんですよね。
日本は海に囲まれた国です。だから魚屋さんがもっとたくさんあると思った。

3. 接続の仕方

(a)単文の羅列のようなものを「～て」「～し」「～が」等ですっきり接続させる方法を練習させる。

(b)特定の接続詞のみを多用して全体にまずしい感じがする場合には、基本的な接続の方法を練習させる。

(c)接続詞の誤用：接続詞の意味を取りちがえて不適切なものを使っている場合も多い。

(例) あまり努力しなくて（しないで）そんなに成功したのは不思議です。
はじめは日本語が全くわかりませんでした。すると（それで／ですから）買物の時大変困りました。
日本人の名前をみたら（見ても）大部分は読めません。
お金が少しでも残ると（残ったら）困っている人達に寄付したいと思います。

4. こそあどの使い方

目の前の物を指示する用法は問題なくても、話の中に「こそあど」が出てくる場合は中級・上級の学生の中にも誤用が目立つ。

(例) 国際都市の日本がそんなに（こんなに）きれいな町だとは思わなかった。
あなたの話していたあの人は（その人は）どこに住んでいますか。

5. 発音上の問題が当然のことながら、文中にも目立ってしまうこと

(a)清濁音の区別が徹底していない学生が、中・上級にもおり、話している時に注意しても本人はあまり気にしないので徹底せず、作文中のあちこちに清濁の誤用が目立つ。

(b)長音・短音の区別

(c)捉音・直音の区別

（例）先日道に迷った時、親切な男の人が助けってくれました。

～家に帰て（かえって）から～

さって（さて）夏休みには～

6. 助詞の誤用

(a)不適切な助詞を使う

(b)助詞の欠落

（例）これから貯金をしようと思います。入学試験ために（入学試験のために）

7. 名詞修飾語の誤用

(a)「イ形容詞」/「ナ形容詞」に「の」がついてしまう単純な間違い

(b)「ナ形容詞」に「な」がぬけていまう場合

（例）大きいの家（大きい家）／有名の町（有名な町）

朝は人がいっぱいので（いっぱいなので）

(c)連体修飾の動詞に〝の〟がついてしまう

（例）座禅は悟りを開くのための道である。（開くため）

8. 感情形容詞の誤用

（例）横浜見学はたいへんうれしいでした。（たのしかったです。）

父は大へんうれしいでした。（よろこびました。）

9. 品詞の混同

(a)イ形とナ形の混同

（例）冬は本当に大変かったです。（大変だったです。）

(b)抽象名詞とサ変動詞の語幹とを混同して、「～する」をつけて動詞のように用いる誤り。

（例）その形と線はやわらかい印象しています。（印象を与える。）

先週の金曜日に学校の遠足をしました。（遠足がありました。）

その問題はあまり重要しませんでした。（重要ではありませんでした。）

10. 主語が物／事の場合に、受身形を使わず能動形で書く

（例）禅は奈良時代に中国から日本へ紹介した。（された。）

11. 「～いる」「～ある」の混同

（例）その風景画の左側に詩が書いている。（書いてある。または書かれている。）

12. 「だ」の誤用

(a)イ形に「だ」を付ける誤り

（例）その考え方は日本人にとってわかりにくいだ。

(b)ナ形の後に「だ」を付けない誤り

（例）あの人は顔も心もきれいし、頭もいいです。（きれいだし）

13. 敬語の間違い

（例）先生にもっと早くお返事を書いていただくわけですが（さしあげようと思っておりましたのに）ずっと今日まで書いていただいて（書けなくて）本当に申し訳ございません。

▶編著者代表

富岡　純子（とみおか　すみこ）

青山学院大学英米文学科卒業。国際基督教大学大学院英語教育科修士課程修了。在学中「外国語としての日本語教授法」も併せて修了。米国ウィスコンシン大学日本語・日本文学講師を勤めるかたわら同大学博士課程修了。なお、同大学のほか、インディアナ大学、ミネソタ大学の夏期集中講座等を含めた六年間の大学講師生活を経て、東大大学院研修生として帰国。朝日カルチャーセンター日本語講師、東京国際学園教師養成科講師等を経て神田外語学院英語科スーパーバイザー、日本語科主任講師。現在は日本語科科長兼主任講師として日本語科及び日本語教師養成科講座を担当。

日本語作文 I

定價：150元

1990年（民79年）　9月初版一刷
2021年（民110年）10月初版八刷

發　行　人：黃　成　業
發　行　所：鴻儒堂出版社
地　　　址：台北市博愛路九號五樓之一
電　　　話：02-2311-3823
傳　　　真：02-2361-2334
郵政劃撥：01553001
E-mail：hjt903@ms25.hinet.net

鴻儒堂出版社設有網頁，歡迎多加利用
網址：http://www.hjtbook.com.tw